Les Lumières d'Oujda

ADN (Afriques Diaspora Négritude), La Plume de l'Ange, 2009
Le Chant des possibles, La Cheminante, 2014
Résidents de la République, La Cheminante, 2016
De terre, de mer, d'amour et de feu, Mémoire d'encrier, 2017
Ci-gît mon cœur, La Cheminante, 2018
Diên Biên Phù, Sabine Wespieser, 2018
Fragments, Bernard Chauveau, 2019

MARC ALEXANDRE OHO BAMBE

Les Lumières
d'Oujda

CALMANN
LEVY

COUVERTURE
Maquette : Olo.éditions
Illustration : tableau, série « Partir » / © Olga Yameogo

ISBN 978-2-7021-6323-8

À Ange Alexandre, Maëlle et Léa, poèmes,
à toi,
à toutes celles et tous ceux, sur le chemin.
Femmes et hommes, enfants, soleils, debout !

« L'homme libre est celui qui choisit son exil. »

Mahmoud Darwich

C'est vraiment arrivé, à Oujda j'ai pleuré.

Je pleure encore.
Devant toutes ces grenades dégoupillées.
Le long des routes du monde.
Jeunes gens aux regards hagards.
Adolescents incandescents aux vécus de mèche allumée.
Gamins, gamines.
En quête d'azur.
De vie meilleure.
D'Europe.
D'ailleurs.
D'eldorado, qui chante.
Faux.

Tout a commencé par une partie d'échecs.

Et un rêve oublié.

Place Saint-Pierre.

Sous un soleil de plomb.

Une partie d'échecs, amoureux.

Et un rêve oublié, dans la maison de Dieu.

Place Saint-Pierre, à Rome.

Il y a quelques années.

Incendiées depuis.

Nous nous aimions, je crois, mais l'amour ne (se) suffit pas.

Pas toujours.

Elle était journaliste de mode, née en Franche-Comté.

Avait quitté sa région natale pour fuir une norme qu'elle trouvait morne, elle aussi.

Après avoir travaillé un temps en Suisse, elle avait été débauchée par un magazine italien. Depuis, la belle flirtait entre les êtres et promenait sa silhouette longiligne et rebelle, dans les rues romaines et les soirées mondaines.

Hasard du chemin, nous nous étions rencontrés place Saint-Pierre. Au carrefour des destins.

Depuis deux ans, je vivotais en Italie, champion du monde de la débrouillardise, comme tous les *extra-comunitare* de ma race. Derrière moi, Lampedusa, la traversée entre la vie et la mort, le pays et le sourire de Sita, ma grand-mère.

J'étais allé me recueillir sur la place, comme toutes les semaines, priant le Saint-Père et les cieux d'exaucer mes vœux les plus chers : devenir écrivain et avoir des papiers, ou avoir des papiers et devenir écrivain, pour vivre en paix.

Avec moi-même et la police des frontières.

Je priais Dieu auquel je ne croyais pas, et un ange m'était apparu, parlant un italien presque aussi mauvais que le mien. Elle m'avait demandé de l'excuser pour le dérangement, elle était à la recherche d'un Africain du nom de Serge qui lui avait donné rendez-vous près de ce lieu saint. Elle ne l'avait jamais vu manifestement. Je lui avais répondu en français, taquin : « Vous savez, tous les Africains ne se connaissent pas. » Je mentais, en ce qui concernait Serge en tout cas. Le gars trafiquait dans le coin, c'était son secteur. Je me demandais quel rapport il pouvait y avoir entre cette vieille canaille et la fée qui le demandait. Sourire gêné à ma remarque, mais sourire quand même. Puis fou rire partagé. Le premier.

À l'époque je dealais un peu, du shit et autres stupéfiants.

Je n'avais pas le choix, ou plutôt je pensais ne pas l'avoir. J'avais vite fait de trouver le rapport entre Mélodie et Sergio. Et je lui avais coupé l'herbe… sous le pied, ravi sa cliente, qui devint la mienne, avant de devenir ma fée verte.

Femme qui rit, à moitié dans ton lit, dit le dicton. Mélodie qui sourit, à moitié dans ta vie.

Elle s'appelait Mélodie.

Et j'aimais son prénom.

Je l'aime encore.

Elle aussi, que je garderai toujours quelque part en moi.

Place Saint-Pierre.

Je repense à elle, à nous, à nos cornets vanille, à sa boulimie de fraises, de framboises, de myrtilles, à ses délires futiles, à son style pacotille[1]. Elle idolâtrait MC Solaar.

---

1. « Caroline », *Qui sème le vent récolte le tempo*, paroles de Claude M'Barali, musique de Christophe Viguier, Polydor, 1991.

Et nous passions des heures à rapper *Caroline* ensemble, à l'heure de nous-mêmes et de notre amour-défonce.

Je me fis arrêter un soir rempli de joie, ivre d'espérance, piégé par les Stups qui me remirent entre les mains de la police des frontières et d'un juge, sosie presque parfait d'*il Cavaliere*, alors au sommet de sa gloire. Passée.

Extra-comunitare, pour certains Italiens une tare. Les mecs des farces de l'ordre qui me serrèrent n'y allèrent pas de main morte, je m'étais rendu sans faire d'histoires, mais ils me sonnèrent littéralement, m'assommèrent de coups de poing. Républicains sûrement.

Forza Italia, oui, j'avais compris.

Mélodie et moi devions nous retrouver le lendemain.

Nous nous étions quittés dans un poème, offert au jour par la nuit, le premier écrit pour elle, après six mois et demi d'amour et de passion autodestructrice. « À demain », m'avait-elle lancé du balcon du petit appartement qui abritait nos ébats et débats sensuels. Mélodie aimait la poésie, ma poésie. Et moi, j'aimais tout chez elle, surtout sa bouche, surtout ses lèvres, surtout ses idées, surtout ses seins, surtout son sexe, surtout ses rêves, surtout sa peau, surtout tout chez elle, et si, si seulement j'avais su comment se terminerait cette soirée pour moi, je ne serais peut-être jamais sorti, et j'aurais passé le reste de ma vie en elle.

« À demain. » Elle m'avait dit à demain.

Demain ?

Demain n'existe pas.

Non, demain n'existe pas.

Là où dansent les poètes sans papiers.

Avec les fées.

Avec l'amour, avec la mort, avec la mort de l'amour.

Nous vivions sans nous soucier du lendemain.

Carpe diem.

Nous nous voyions quand nous le pouvions, quand nous le voulions, sans jamais rien programmer.

Allais-je passer ? Allait-elle m'inviter ?

Nous n'en savions rien, jamais, jusqu'à la dernière minute, et cela nous convenait.

Un coup de fil, « *ciao bella* » ou « *ciao bello* », « c'est moi, tu es libre ? », « oui ? », « alors on se retrouve à l'appart ? Ou si tu préfères, on va se promener du côté de la place, remercier saint Pierre de nous avoir menés l'un à l'autre... ».

Rires aux éclats, voile dans la voix, c'était comme ça entre nous, simple et surnaturel à la fois, simple et surnaturel.

Fragments de bonheur, à deux.
Et elle m'avait dit « à demain ».
Pour la première fois.

J'avais eu envie de lui répondre « je t'aime... beaucoup », mais je m'étais ravisé, reportant ma déclaration d'amitié amoureuse.

Elle ne savait finalement rien de moi, ni ma situation « administrative », ni mon nom de famille, ni même où me trouver en dehors de nos parenthèses enchantées, ni le quartier où je traînais mes guêtres et ma came parfois.

Je ne savais rien d'elle non plus, à part que je l'aimais bien, bien plus que ça même, qu'elle habitait là, dans cet appart-refuge-témoin de nos amours, qu'elle venait de Pontarlier, une ville de Franche-Comté nichée dans le Jura, et qu'elle travaillait pour *Vogue Italia*.

Je ne savais pas grand-chose d'elle, et elle ne savait presque rien de moi, nous nous joignions toujours par téléphone. Nos appareils portables reliaient nos solitudes, nos folies, nos désirs et nos envies.

Et mon téléphone fut cassé, lors de mon arrestation musclée.

Je désertai son lit et sa vie, je disparus sans laisser de traces. J'en pris pour cinq ans, fermes, à défaut d'être expulsé illico presto du pays de Super Mario.

16

Trois ans plus tard, je sortais d'une prison engorgée.

Avec un arrêté de reconduite à la frontière en poche.

Je me précipitai à l'appart, sans réfléchir, je voulais, j'espérais très fort, pouvoir tout expliquer à Mélodie. Mon silence. Et mon retard, de trois ans.

Mais elle n'y était pas, n'y était plus, avait déménagé et la vieille mégère de concierge ne trouvait aucune adresse à me communiquer.

Il me restait *Vogue*. Et Sergio, qui avait peut-être revu son ex-cliente devenue mienne.

Je courus place Saint-Pierre.

Le gars squattait à son emplacement habituel, hélant les touristes dans la discrétion du jour.

« Mano, c'est comment ? Tu es sorti quand ? Merci pour ce que tu as fait, les gars te sont reconnaissants de ne pas avoir *speak* quand tu es tombé. Et moi aussi.

— Tu as revu Mélodie ? Tu *know*, la petite Française avec laquelle je sortais un peu, et qui t'achetait parfois quelques grammes de beu et de coca…

— Euh, ça fait *from man*, tu sortais avec elle ? Mais quel cachottier toi alors, je comprends maintenant pourquoi elle est venue ici plusieurs fois te chercher.

— Ah bon, elle est venue souvent ?

— Oui, tous les soirs pendant des semaines, mais à l'époque je ne savais pas que tu t'étais fait *cha* par les flics. Et quand je l'ai su, je ne l'ai plus revue, ça fait bien deux ans.

— Merci, mano, merci. Je file, prends soin de toi.

— Merci, toi aussi. Et tu vas *do* quoi maintenant ?

— Je n'en sais rien, peut-être *back* au bled, j'en ai marre de cette vie qui n'en est pas une.

— Je te comprends, il faut attacher le cœur, découragement n'est pas africain, force !

— *Yes*, merci, à toi aussi, force ! »

Et nous nous saluâmes.

Sergio retourna à ses touristes et à son biz.

Et moi, je filai chez *Vogue* en émoi, cœur battant.

Arrivé à la réception, je demandai à parler à une journaliste du prénom de *Mélodie*, une journaliste française. Il ne devait pas y en avoir dix mille.

Je me présentai comme un ami et collègue arrivé de Paris pour un reportage à Rome.

Comme j'insistais, une nana de la rédaction finit par venir à ma rencontre, dans le hall.

« Bonjour, dit-elle avec un accent français parfait. Vous êtes un ami de Mélodie Larue ? »

Je découvrais son nom de famille.

« Oui, et j'arrive de Paris pour le travail, ça fait trois ans que nous ne nous sommes pas vus, je voulais lui faire la surprise...

— Mélodie ne travaille plus ici, depuis deux ans environ. Elle est rentrée à Pontarlier, pour s'occuper de sa mère malade.

— Ah, je ne le savais pas. Vous auriez son numéro de téléphone, ou une adresse éventuelle ? demandai-je, timidement.

— C'est étrange quand même, si vous êtes amis, que vous n'ayez pas les coordonnées de Mélodie, non ?

— Vous savez, j'ai bougé beaucoup ces trois dernières années... Auriez-vous son contact ? S'il vous plaît...

— Dites-moi, êtes-vous le garçon qu'elle voyait de temps en temps, il y a trois ans, son poète ? C'est comme ça qu'elle vous appelait. Vous lui avez fait du mal, beaucoup de mal vous savez...

— Avez-vous son contact, s'il vous plaît, je dois lui parler, m'expliquer avec elle...

— Attendez un instant, je reviens... »

Et elle était revenue dix minutes plus tard, avec une adresse électronique pour moi.

« *Grazie*, mademoiselle, *grazie mille*, du fond du cœur. »

Trois semaines plus tard, le temps de régler quelques affaires à Rome, je traversais la frontière avec des papiers prêtés par Sergio. Et j'arrivais à Pontarlier, place Saint-Pierre.

Sous un soleil de plomb.

Il était trop tard, pour nous. J'avais trois ans de retard sur notre histoire. Trois années envolées. À jamais. Même si elle était contente de me revoir, de comprendre enfin mon silence et l'absence de nouvelles pendant tout ce temps, elle faisait sa vie.

Avec un autre, qui la rassurait.

Nous nous sommes quittés, sur un baiser.

Doux d'amour.

Perdu.

À Pontarlier.

Place Saint-Pierre.

Où nous nous étions trouvés.

La vie ?

Parfois, une partie d'échecs.

Avec soi-même.

« Peut-être ailleurs, le poète en chantier continuera d'aimer. Et chanter, enchanté. »

Ces mots offerts par Mélodie m'accompagnent encore, m'accompagnent toujours. Et accrochent mon sourire à l'horizon éternel. Des espoirs qui jamais ne fanent.

J'ai longtemps gardé l'Italie dans le cœur.

La prison, étrangement, ne m'avait laissé ni amertume ni colère. Je lisais, écrivais, pensais. Ma condition. Humaine.

Extra-comunitare, étrange étranger, par défi, par dépit, par délit, dans ce pays dont même le centre pénitentiaire semblait parfois ne pas vouloir de moi.

Rome pourtant, je m'en rends compte, reste associée à Mélodie, et à notre histoire belle sans lendemain.

Roma.

Son Colisée.

Son Panthéon.

Sa basilique.

Saint-Pierre.

Sa fontaine de Trevi.

Ses rues pavées pittoresques.

Roma.

Sa villa Borghese.

Son Campo de' Fiori.

Son quartier Trastavere.

Ses *piazze* d'un autre âge, Renaissance.

Son pont Sisto.

Le Tibre enjambé, en joie, si souvent.

Roma.

Ses couchers de soleil inénarrables.

Sa *dolce vita*, malgré la galère de chaque jour.

Roma.

Les cris de singes des *tifosi* auxquels je refusais de m'habituer.

Roma, sa *Libreria Stendhal*, où je furetais parfois.

Roma, ses ruines et celles de mon amour.

Premier.

La Folle erre dans le quartier.

Cela fait trois ans.

Trois ans déjà, qu'elle arpente la rue d'Acila, entonnant des mélodies qui prennent aux tripes les habitants.

Sa voix fracturée libère son gospel, son chant est une berceuse. Une berceuse pour l'enfant.

Parfois quelques passants s'arrêtent, et d'elle s'approchent, comme pour consoler son âme, partager un peu de sa souffrance. Mais elle les repousse toujours, et court.

Se réfugier derrière les portes de l'église Saint-Louis-d'Anjou.

Le soleil se couche.

Et la nuit tombe sur Oujda, enveloppant dans l'épaisseur de son manteau toutes les détresses et toutes les espérances.

Humaines.

Swaeli ne croit plus.

Ni en Dieu ni en l'homme.

Pour lui, le premier – s'il existe ou a existé – a abandonné le second qui n'en finit pas de se martyriser, de se suicider, de s'assassiner, par tous les moyens nécessaires, œuvrant méthodiquement à son propre génocide.

Swaeli a marché longtemps, pour arriver à trouver la paix.

Après la guerre dans son pays. Et en lui aussi.

Aujourd'hui, il aide. Son prochain.

Par amour. Et pour retrouver le sommeil.

Il aide, convaincu qu'il participe ainsi, avec d'autres, à retarder, un peu, la catastrophe annoncée : la défaite de l'humanité, ou plutôt ce qu'il en reste.

L'humanité à laquelle il ne croit plus, parce qu'il l'a vue lui, il l'a vue, lui, il l'a vue crever mille fois, et expirer.

En même temps que sa foi.

Expirée, elle aussi.

Dans un mouroir à ciel ouvert.

Désert traversé.

À la nage.

En solitaire.

En quête de la bonne heure.

L'heure de soi-même.

L'heure de vivre.
Ou revivre.
Enfin.
Et ne plus mourir.

Sang cesse !

Oujda

Leila et Imane sont sœurs.
Jumelles.
L'une vit en France, à Lille, l'autre au Maroc, à Oujda.
Leila porte le voile et fait la prière.
Imane s'est émancipée, très tôt, de toutes les communautés et traditions qui fondent l'histoire de sa famille.
Elles sont libres.
L'une et l'autre.
Chacune a sa manière.
Elles sont très proches et s'écrivent.
Très souvent.
Pour se raconter.
Se donner des nouvelles.
Et en prendre.
D'elles-mêmes.
Et de l'autre, aussi.
Si différentes
Si ressemblantes.
Dans le même mouvement.
De tendresse en évidence.
L'une pour l'autre.
Elles portent le même regard.
Sur le monde.
Un regard d'un joli vert, émeraude.
D'humanité remplie.
De mélancolie soyeuse.

Et de folie douce.
Mélanfolie, peut-être.
Philosophie de la joie, arrachée.
Arrachée, chaque jour.

Père Antoine

Père Antoine a grandi dans un petit village de la vallée d'Aspe, en France. Il en a gardé l'accent, l'humilité devant la nature, l'amour des espaces infinis et des paysages traversés de beauté. Fils de berger, il a un temps mis ses pas dans ceux de son père, avant de répondre à l'appel d'une vie religieuse.

Il avait alors vingt-cinq ans.

L'horizon et Dieu devant lui.

En lui aussi, certainement.

Les années de séminaire se sont écoulées, sereines, le confortant dans son choix de quitter Bedous, partir sur la route et suivre le chemin que le Seigneur avait tracé pour lui.

Père Antoine est un de ces hommes d'Église habités par la parole divine, prêtre et mystique à la fois.

Ses missions l'ont conduit à voyager dans nombre de pays et continents, l'Asie du Sud-Est, l'Océanie, et depuis quelques mois il réside en Afrique du Nord, au Maroc, 17 rue d'Acila, église Saint-Louis-d'Anjou, à Oujda – carrefour culturel, ville-monde, poste-frontière – située à 450 mètres d'altitude, dans la plaine des Angad.

Ibra ne parle pas.

Plongé dans un profond mutisme depuis le départ de sa mère, il passe son temps dans les livres.

Peut-être pour ne pas crier.

Et pour s'inventer, ou se réinventer.

Une autre enfance.

Avec elle.

Ibra ne parle pas, mais son silence dit.

Tellement.

De la solitude ancrée.

Dans ses grands yeux noirs.

Les années ont passé, depuis Rome.
Et sa mélodie amoureuse.
Bleue d'exil.
Je vis au pays maintenant.
Je suis rentré.
Vivre à Douala.
Où je suis né.
Et où j'ai grandi.
À Bonapriso.
Sous le manguier.
Le manguier de mon enfance.
Perdue.
Retrouvée.
Un soir.
De saison des pluies.
Sur les berges du Wouri.

Partir.

Revenir.

Devenir.

Partir de rien.

Revenir à tout, à soi.

Devenir soi-même, sinon rien.

Refuser toute compromission, toute concession, tout ce qui ne nous convient pas, ne nous convient plus, ne nous a jamais convenu et qu'on a accepté parce qu'on pensait ne pas avoir d'autres choix que celui d'être un ou une autre, qu'on n'était pas, qu'on ne voulait pas, qu'on n'aimait pas.

Pas tellement. Pas du tout. Et pourtant.

Je suis rentré au pays, pour ne plus subir ma vie.

Il me fallait reprendre les rênes de mon destin, comprendre et accepter que je pouvais devenir qui je voulais, peu importait l'endroit où je me trouvais. Les choses dépendaient de moi, aussi. De moi, surtout.

Aucune dictature ne devait avoir prise sur mon bonheur, possible ici ou là-bas.

Aucun système ne devait avoir d'emprise sur ce que je portais. Mon humanité.

« Quand tu ne sais pas où tu vas, arrête-toi et souviens-toi, souviens-toi d'où tu viens », aimait à me rappeler mon grand-père. Je n'avais jamais compris ni la portée ni la puissance de ces mots, avant l'exil, et la prison, en Italie. Ces mots passés depuis en proverbe.

Le retour a été compliqué au pays.

Le gars a été rapatrié.
C'était dur, au début, d'être moqué, en public ou dans mon dos, parce que mon aventure européenne avait mal tourné.
Et que j'étais *back*, sans gloire aucune.
Ni richesses. Matérielles.
C'était dur au début.
Vraiment.
Dur de voir dans certains regards que les économies de la grand-mère n'avaient servi à rien.
Finalement.
J'étais rentré.
Enfin, non, je n'étais pas rentré.
J'avais été rapatrié.
Rapatrié.
Une humiliation, pour moi.
Et pour ma famille.
Pensais-je.
Je rasais les murs, honteux.
D'avoir failli, d'être rentré sans rien.
C'est Sita qui a soigné mon mal-être, et toutes mes blessures d'âme. En me prodiguant conseils de vie véritable et amour.
Grâce à ma grand-mère, j'ai fini par ne plus être blessé par les quolibets, les « c'est un malheureux recraché par l'Europe », « un rapatrié comme ça », « mbenguiste d'hier », « raté, clando, misère-*man* », j'ai fini par transcender la violence des mots qui accusent et acculent au désespoir, ajoutent amertume à l'amertume.
« Le pays est violent, les gens ne se font pas de cadeaux », m'avait prévenu ma cousine à mon retour. Je découvrais

chaque jour le sens de ses mots, comprenais ses mises en garde.

C'est Sita qui m'a appris à faire face à la violence, comme à la beauté, parce qu'elles existent partout, faire face à l'une et l'autre, les regarder droit dans les yeux, sans jamais les dévisager, pour des raisons différentes. Ne pas dévisager la violence afin qu'elle ne s'imprime pas dans notre regard, qu'elle ne prenne pas place en nous ; ne pas dévisager la beauté non plus, par élégance, on ne dévisage pas ce qu'on envisage. Sita me faisait la leçon d'humanité et j'écoutais, grandissais à sa lumière, à l'ombre du manguier de mon enfance.

J'ai cessé d'avoir honte, je n'avais rien fait de mal, juste tenté ma chance, et les moqueries de celles et ceux qui jugeaient mon geste étaient leur affaire et pas la mienne, leur affaire et pas celle de ma famille qui ne devait rien à personne, tout comme moi, qui ne devais rien à personne d'autre que Sita. Honneur, reconnaissance et respect pour tout, pour celui que j'étais et celui que j'allais devenir, porté par elle.

Au bout de quelques mois, j'ai recommencé à sortir et à ne plus vivre en spartiate, reclus dans ma chambre d'adolescent, entre les livres de ma mère enseignante de philosophie et mes ouvrages de poésie, au milieu de mes notes de voyage, consignées dans des carnets.

Ah, ma chambre à Bonapriso !

Lieu de ma renaissance à moi-même, encerclé.

De mots.

Et d'idées.

Et d'idéaux.

Et de rêves.

Et de révolte.

J'aurai marché, pour ainsi dire.

De la place Saint-Pierre jusqu'à la rue d'Acila.

En repassant par Douala, ville natale.

Et je peux le dire aujourd'hui, je le sais.

Je peux le dire.

Avec la certitude tremblante, de celles et ceux qui savent.

Je peux le dire.

Avec l'humilité non feinte, de celles et ceux qui ont vécu.

Dans leur cœur. Et dans leur corps.

Mille vies.

Mille morts.

Mille renaissances.

Je peux le dire.

Sans cillement.

Je peux le dire.

Je peux le dire, tous les chemins.

Tous les chemins mènent à l'Homme.

Lors d'une fête organisée par une amie de ma cousine, qui m'obligeait à « bouger », à « avoir à nouveau une vie sociale », un groupe de jeunes du quartier me fit part de l'existence d'une structure associative qui venait de se créer, et dont l'objet était d'aller à la rencontre des gamins de la ville, dans les établissements scolaires et autres lieux d'accueil pour enfants défavorisés, afin de les sensibiliser à tous les risques de l'immigration clandestine.

Un des membres du groupe, Aladji, me dit en aparté, à un moment de la soirée, qu'il savait d'où je revenais.

Ma cousine parlait beaucoup, enfant déjà.

« Mano, c'est comment ? Je me *call* Aladji...

— Enchanté, moi c'est...

— Je sais comment tu t'appelles, je sais qui tu es et je *know* que tu viens de *back* de Paname.

— Je ne viens pas de *back*, j'ai été rapatrié, si tu sais qui je suis comme tu dis, tu dois savoir ça aussi...

— Oui je le sais mano, la présidente de l'asso est copo avec ta cousine, c'est elle qui nous a *speak* de toi et de ton retour au pays.

— Un peu brutal…

— La vie… est brutale. *(Rires.)*

— Oui parfois, c'est vrai… *(Rires.)*

— Tu vas faire quoi maintenant ici ?

— J'atterris encore, je ne sais pas vraiment, m'occuper de ma grand-mère, fala un *work* aussi je pense, essayer de me rendre utile.

— Utile ?

— Oui utile, j'aimerais me rendre utile.

— Mon gars, j'ai peut-être une idée… »

Je m'étais engagé.

Dans l'association d'Aladji, luttant pour éviter les départs vers les cimetières de sable et d'eau. Le désert et l'océan sont pleins de nous, poussières de *nègres*. Noires étoiles. Filantes.

Je m'étais engagé, je pouvais témoigner, je devais le faire, au nom de toutes celles et tous ceux qui n'avaient pas eu la même chance que moi. On m'avait peut-être rapatrié, mais j'étais vivant.

J'allais de collège en collège, de lycée en lycée, de faculté en faculté, de ville en ville et village en village, pour raconter.

Raconter.

Ce que j'avais vécu.

Ce que j'avais subi.

Ce que j'avais appris, compris.

J'étais arrivé en Italie, en passant par Lampedusa, île de beauté mais aussi de tous les naufrages.

Lampedusa, avec ses plages, ses eaux peu profondes, sa faune marine colorée, ses tortues de mer, ses dauphins et nous, réfugiés, sauvés de la mort par noyade.

J'étais tombé malade assez vite, et cela m'avait heureusement sorti du camp, de la promiscuité promise, et de l'interminable attente.

Certaines peines semblent ne pas avoir de bout.

On pense avoir touché au but, et on se rend compte que le dénouement est encore loin, que l'intrigue commence à peine.

Extra-comunitare.

Nouveau parcours.

En forme de chemin de croix.

Administratif.

Citoyen.

Le gouvernement de Berlusconi avait une manière bien à lui de traiter, médiatiquement et politiquement, le cas des immigrés qui accostaient chaque jour, chaque nuit, sur ses terres. J'allais, comme mes camarades de traversée, me prendre de plein fouet.

Le racisme des autres.

Après le tribalisme des nôtres.

Les hommes sont des loups pour les hommes.

Heureusement, il y a aussi celles et ceux que Sita nomme les Justes. Et voyager vous fait prendre conscience qu'il y a, dans tous les pays et sur tous les continents, des femmes et des hommes qui œuvrent pour l'humanité, au sens le plus noble du mot, pour que celle-ci ne se défasse pas, pas totalement.

J'aurais pu mourir à Lampedusa, je pense, si j'y étais resté plus longtemps. La vie en a décidé autrement.

Et je m'étais retrouvé à Rome, évacué.

Avec d'autres, dont l'état nécessitait des soins urgents.

Ce jour-là, dans l'ambulance, affaibli et en proie à une douleur sans nom, je souriais, fébrile, aux esprits auxquels je ne vouais aucun culte pourtant. Ils souriaient eux aussi.

Et me sauvaient.

Ou alors est-ce moi qui me sauvais ?

Oui, je me sauvais.

De la folie.

Du suicide.

Et du meurtre.

Je m'étais engagé.

J'allais dans les centres sociaux aussi, les orphelinats du pays, partager mon expérience.

Sans peine. Et sans gêne.

Je n'avais jamais eu le sentiment de vivre utile.

Avant cette année-là.

L'année de mon retour au pays.

Au *mboa*.

La Folle marche à l'ombre des regards.

Moqueurs souvent, apeurés parfois.

Rien ne semble pouvoir la ramener à la réalité de la vie qu'elle traverse. En errante sublime.

Rien ne semble pouvoir faire taire son chant, élégie.

Elle donne la main à l'enfant, ne lâche jamais la main de l'enfant.

Si elle vit encore, c'est pour lui.

Pour lui, et personne d'autre.

Personne.

Ne fuit.

Le bonheur.

Aussi fragile.

Soit-il.

Rue d'Acila.

Quelques pas plus loin.

Père Antoine accueille de nouveaux candidats au départ.

Vers l'eldorado.

Ou la mort.

Ils sont sept, Maliens, Camerounais, Ivoiriens, Guinéens.

Rescapés des camps.

De Tripoli.

Rescapés.

En apparence.

Seulement, en apparence.

Le prêtre leur explique, aidé d'Imane, les conditions dans lesquelles ils vont vivre désormais.

Vivre, non plus survivre.

Vivre.

Un temps.

Vivre ou réapprendre à vivre.

En société et communauté.

De femmes et d'hommes.

Reliés par la souffrance.

La souffrance du parcours.

Et l'espoir aussi, qui leur dure dans le corps.

Le petit monde écoute.

Conseils et consignes.

Les règles du groupe.

L'humanité retrouve un, puis deux visages.

Père Antoine et Imane.

Revenir
à la page
écrire
à la marge
des mots
prendre le large
du monde
en quête
de lumière
toujours
chercher
creuser
fouiller
trouver
en soi
paix
silence
étincelle
émoi
tendresse
poème
qui aident
à transcender
le doute
et les affres
de vivre

nous portent
au secours
de nos rêves
utopies fragiles
nous gardent
fous
à lier
debout
et tiennent
nos cœurs
ailés
tambours
alliés
à l'écart
à l'écart
du cynisme
fécond
et de la violence
sourde
aveugle
qui gronde autour
et crève
l'abcès
de l'absence
les tympans
et les yeux
des hommes
et des femmes
qui s'entre-tuent
au lieu de s'entre-vivre

Revenir
à la page
pas à pas
à la vie

à l'amour
c'est bien
de cela
qu'il s'agit
pour ne pas perdre
ne jamais perdre
le fil
de soi

Ibra est plongé dans sa lecture du poète.
Les mots apaisent son tourment.
Il lit, se laisse traverser.
Sa mère lui manque.
Il ne sait pas pourquoi elle est partie.
Ni où.
Il sait seulement la violence du père, qui a souvent répondu aux questions du fils par des coups. Portés à une âme d'enfant.
« Sois un homme, bordel, ta mère a quitté la maison, je ne veux plus entendre parler d'elle, tu m'entends, elle est morte pour moi. Et elle devrait l'être pour toi aussi. Arrête de pleurnicher sur ton sort. Elle ne mérite pas qu'on la pleure, qu'on pense à elle. Sois un homme, merde ! »
Ibra a envie de pleurer, pourtant, l'absente présente.
Il s'y autorise.
Dans le dos de son père.
Et il sera un homme, car *rien, rien n'est plus humain que pleurer*, dit le poète.

Leila prend des nouvelles de sa sœur.

Elle lui en donne aussi.

La vie à Lille va, monotone et morose. Ces semaines dernières.

Elle s'ennuie, un peu, mais le pays ne lui manque pas.

Pas tant que ça. Sa jumelle si. Tout le temps.

Elles s'appellent tous les jours ou presque.

Imane lui raconte les journées de permanence rue d'Acila, les arrivées massives d'Ulysse à la peau sombre, l'impuissance face à la haine et au mépris qui s'abattent parfois sur ces gens d'ailleurs, *nègres, kharlouch, khel, kelb* aux yeux de certains.

Imane est révoltée. Elle l'a toujours été. Parfois sans raison véritable, elle le sait. Sa sœur aussi. Aujourd'hui, tout semble différent, sa révolte a un sens. Sa colère est légitime.

Son engagement aussi. Elle se refuse à ne rien faire et accepter. L'inacceptable. Elle se refuse à se taire.

Devant l'injustice. Toutes les injustices.

Elle n'a pas choisi le droit par hasard, ses combats étaient en elle, bien ancrés déjà.

Leila a toujours admiré sa sœur, adolescente rebelle à tout et « grande gueule » de la famille. Elle est toujours aussi fière d'elle, qui le lui rend bien d'ailleurs.

Certaines choses ne changent pas.

Ne changeront jamais.

Elles rient.

Et pleurent.
Ensemble.
Elles sont là.
L'une pour l'autre.
Pour toujours.

Les sept nouveaux ont du mal à s'intégrer au groupe, rue d'Acila. C'est la première fois depuis que père Antoine a transformé une partie de l'église en centre d'accueil d'infortunes que c'est aussi difficile. Les traumatismes et séquelles, physiques et psychiques, sont de plus en plus compliqués à gérer par la petite équipe de bénévoles entourant le prêtre : juristes, psychologues, médecins, ou simples habitants du quartier se sentant concernés.

Mais comment faire face, entendre l'indicible, même quand c'est son métier d'écouter ?

Comment accueillir ces paroles de rescapés ?

Comment soutenir les regards d'enfants, d'adolescents, de femmes et d'hommes, réduits en esclavage, puis à néant, brisés par leurs semblables humains. Humains ?

Comment garder la juste distance, avec ses émotions et les leurs, la terreur dans leurs yeux, la solitude de celles et ceux qui ont tant marché, marché la terre tonnerre au cœur ? Comment, oui, comment ne pas penser qu'il est trop tard, trop tard pour arrêter l'hécatombe, entraver la fin du monde, trop tard pour empêcher l'humanité d'exploser ? Comment ?

Comment réussir à dormir en paix, après ? Comment ?

Comment ne pas faire de cauchemars ? Comment ?

Comment ne pas se sentir l'âme fissurée ? En deuil ?

Comment ? Continuer à croire, garder espoir, voir le bien, celui que l'on fait, modeste et si important à la fois, et pourtant impuissant face au chaos, à la tragédie qui se joue, partition d'horreur, chaque jour, chaque nuit, dans le plus coupable des silences, l'indifférence, peut-être plus violente encore que la violence elle-même. La violence subie.

Avant.

Pendant.

Après.

La traversée.

Sita, ma grand-mère, chante sous la véranda.

Elle est contente que je sois rentré.

En vie.

Elle dit que l'amour-propre n'est rien, comparé à la mort.

Elle a raison.

Elle a toujours raison.

Aussi loin que je m'en souvienne, ses mots ont toujours fait mouche.

Et éclairé mon chemin.

Jour et nuit.

Elle est heureuse que je parle aux plus jeunes, et à d'autres, de tous les âges, qui espèrent quitter le *mboa*, le pays, qui va si mal. Elle dit aussi que, même si cela peut sembler ne servir à rien, car certains partiront toujours malgré tout, elle trouve bien que je le fasse. Et est fière de moi.

Sita chante.

Sous la véranda.

L'indépendance avortée.

Il y a soixante années.

Les soleils assassinés.

Elle chante.

Inconsolable.

Son amour pour mon grand-père et sa fille, ma mère, qui lui manquent.

Tant.

Inconsolée, Sita.

Chante.

Pour moi.

Pour nous.

Pour vous.

Ma grand-mère n'était pas vraiment d'accord pour que je quitte le pays et tente l'aventure Paname. Mais elle avait fini par accepter, allant jusqu'à bénir mon voyage et soutenir financièrement mon désir de partir.

Partir.

Il y a cinq ans.

Et demi.

Pendant les « villes-mortes » qui secouaient le *mboa*.

Sita m'avait toujours tout cédé, depuis le décès de ma mère.

J'étais son petit-fils unique, ceci explique peut-être cela.

Elle me passait tout.

Caprices, envies, folies.

Elle me passait tout.

Des savons aussi, parfois, bien mérités.

Sita n'avait rien laissé paraître.

De son angoisse et de son désarroi.

Le soir de mon voyage.

Pour l'Italie.

Il y a cinq ans.

Et demi.

La vie.

Il y a cinq ans.

Et demi.

N'était pas la vie.

Pas la même.

Pas la mienne.

Chienne de.

Souvenirs.

Du futur.

Rivière qui coule.

Soleil qui brille.

Cascades heureuses.

Extérieur jour.

Des enfants jouent.

Dans un village.

Du tiers-monde.

Rires innocents.

Rêves d'évasion.

Et d'horizons lointains.

Demain sera.

Différent.

Pensent-ils.

Espèrent-ils.

Je fais partie de cette ronde de gosses, turbulents.

Génération impatiente, qui n'en peut plus.

D'attendre Godot.

Et le vote des bêtes sauvages.

Je suis né et j'ai grandi comme eux.

Furieux.

Contre notre pays, nos pays.

Au sud d'Éden.

Furieux contre ceux qui nous dirigent.

Dans le mur, droit.

Depuis tant d'années.

Condamnées.

Défilé de réminiscences déliées.

Ma mémoire est un sésame.

Ouvert.

…

Ciel bleu.

Il pleut.

Transhumance du cœur.

… émoi.

Dans la vallée des ombres, Elles et Ils marchent.

Et les montagnes, majestueuses, s'offrent entières à la vue des voyageurs, même ceux sans visa, qui la contemplent du haut d'un col enneigé. Malgré les limbes de l'exode vers une autre vie et le froid qui fouette les os, la nature danse dans leurs yeux.

Sentiment d'extase.

Beauté.

Oui, beauté.

La beauté habite le monde.

Et elle s'offre à toutes et à tous, qui acceptent.

De l'accueillir au plus profond.

De l'âme.

Mon retour brutal au pays m'a sauvé.

D'une vie de cendres et de sang.

Une vie, sans idéal commun.

Vide de sens collectif.

Une vie de.

Sang à l'œil.

« Le gars a été rapatrié.

C'était un *sang à l'œil*, il a changé mal.

Ils ont déjà vu quoi ? Qu'ils continuent à *go* comme ça vers la mort en mer, l'esclavage en Libye, qu'ils continuent comme ça, à *go die* dans les déserts, ou à se faire *kill* dans les rues des pays occidentaux dont les populations les barrat, c'est leur choix. »

Et puis quoi ?

Le retour a été difficile au pays.

Vraiment.

Difficile.

Mais Sita avait raison.

Sita a toujours raison.

J'étais, je suis.

Vivant.

Et je pouvais, je peux, je pourrai.

Toujours en faire quelque chose.

Quelque chose.

De plus grand.

Plus grand que moi.

Depuis que je suis rentré au *mboa*, ma mère me parle dans mon sommeil.

Souvent.

De mon passé présent futur.

C'est étrange, récurrent, et paraît tellement réel, je la vois, je ressens sa présence à mon chevet, jusqu'au moment du réveil. Quand je raconte mon songe à Sita, celle-ci sourit, hoche la tête, et me dit que ce n'est pas un rêve.

« Ma fille te parle encore, te parlera toujours, par-delà la mort, qui n'arrête pas la vie. »

Sita a certainement raison.

Au village tout le monde connaît le pouvoir des femmes.

Les femmes de ma famille.

Sita.

Sa mère.

La mère de sa mère.

Et la mienne.

Grandes dames.

Prêtresses.
Prophétesses.
Poétesses.
Maîtresses du verbe dieu.
Femmes potomitan.
Au tempérament feu.
Flammes.
Puissantes.

Ouverture du Pacte mondial sur les réfugiés, promesse d'une réflexion collective, concertée, sur les moyens de *prévenir, empêcher, raisonner et accueillir.*

Vaste chantier.

Notre association a été invitée, pour la première fois, à participer.

La veille du sommet, à peine avions-nous eu le temps de poser nos valises au *Terminus,* notre hôtel, que notre comité d'accueil était venu nous chercher pour une visite informelle.

De la ville. Et des lieux, solidaires. Des *fugees.*

Comme s'appelaient certains jeunes, entre eux, *fugees.*

En hommage peut-être, à Lauryn, Wyclef, et Pras.

Fugees.

Hip-hop.

Résistance.

Résilience.

Espérance.

RAP (Réapprendre à parler), c'était bien de cela qu'il s'agissait, aussi.

Réapprendre à parler.

Pour se défaire de l'orage.

Dire, être. Au monde. Présent à soi et à ses rêves. Déportés.

Dire, être. Au monde.

Se réunir. Se recentrer. Se renouer. Se retrouver.

Après la perte. De tout repère humain.
Chez soi.
Chez l'autre.
L'autre qui nous a marchandisés, esclavagisés, moqués, humiliés, tabassés, volés, emprisonnés, expulsés.
L'autre.
L'enfer c'est, parfois.

Réapprendre à parler.
Réapprendre à vivre.
Surmonter.
La honte.
La haine.
La peine.
La peur.
La douleur.
D'être né.
Du mauvais côté.
De la ligne.
La ligne de couleur.
Désapprendre, enfin, à survivre.

Survivre.

Comme on l'a fait jusqu'alors, en *chien*, en *mendigot*, en *cafard, cafre, intouchable, nègre noir, kharlouch, khel*, qu'on hait.

Fugees, qu'on est.

En espoir de cause.

Toujours.

J'ai pleuré à Oujda, c'est vraiment arrivé.

Pleuré devant le courage de ces jeunes gens, entassés rue d'Acila dans un sacré lieu, l'église Saint-Louis-d'Anjou, maison du père Antoine, Juste parmi les Justes, humain parmi les hommes. Ici-bas.

Je les ai regardés.

Faire.

Front.

Face.

Trace.

Ces jeunes gens. Défiant les vents, les déserts et les océans.

Par tous les temps. Ces jeunes gens. Persistant à avancer. Avancer et croire. Croire à demain. Marcher, même quand rien ne marche. Marcher encore. Avancer jusqu'à la frontière. Dernière étape. Avant la vie nouvelle ou la mort ancienne.

J'ai pleuré devant leur courage, leur rage d'exister et leur folie désespérée d'espérer. Encore. Traverser. Y arriver. Fuir la misère et la faim promises par des États qui n'en sont pas. Des États indignes de leur jeunesse exsangue, jeunesse qui n'en peut plus, de suffoquer et d'être obligée de faire comme elle peut, jamais comme elle veut. J'ai pleuré, c'est vraiment arrivé, à Oujda. Pleuré leurs adolescences sacrifiées sur l'autel de la corruption et de la mal-gouvernance, fléaux qui gangrènent nos pays comme des cancers. Du côlon, du foie, de la gorge, de la peau sur les os. J'ai pleuré en imaginant que tout aurait pu être différent, tellement différent, si nos rois – pardon nos présidents *jusqu'à la mort* – misaient sur l'énergie, le potentiel infini des enfants de leurs nations, si nos rois – pardon nos présidents *à vie* – avaient la moindre ambition pour leurs peuples. J'ai pleuré, d'empathie et de tristesse me submergeant, là, dans cette habitation de Dieu dont j'avais la nostalgie depuis bien longtemps. Depuis Nietzsche.

Et un 17 octobre noir, à Douala.

J'ai pleuré.

Pleuré ma mère.

Et toutes les mères du monde, qui ont laissé filles et fils.

S'en aller.

Partir.

Et ne pas.

Revenir.

D'outre-tombe.

Ne pas.

Revenir des enfers.

Comme Dante.

Si Béa…

Je pleurais quand j'ai senti, posé sur moi, délicat, un regard.

Vert émeraude, ému.

Imane.

Mongo (flash-back)

Mongo.
Intérieur nuit.
Dans une maison de terre cuite, une grand-mère
soigne son petit-fils malade, pendant qu'une fille, bonne
élève à l'école, élève son père en lui apprenant à lire et
à compter.
La bonté habite le monde, parfois.
La fille est ma grande cousine, l'enfant du frère de Sita.
Et nous sommes au village.
Rite de passage.
De l'âge de la déraison à celui de la maison retrouvée.
La raison, fête mienne.
Le sens.
Des matins et des gestes.
Bouleversés.
Sita chante, bouleversante.
Elle chante.
Pour moi.
Pour nous.
Pour toutes. Pour tous.
Je suis rentré, maigre et malade.
D'Europe.
Rapatrié.
Mais je suis vivant.
Alors elle chante.
Et me soigne.

L'âme, le corps, l'esprit.
Et le cœur.
En flammes.
Chante Sita.
Sita chante.
Na som, mba pè na tondi wa.
Mongo est un de ces villages.
Un de ces villages du monde.
Divisé en tiers.
Ma famille y a toujours tenu une place à part.
Les femmes de ma famille.

Mongo.
Un groupe de pêcheurs se repose.
Leurs pirogues sont à l'eau, dès l'aube.
Délicates frégates, elles portent en elles toute l'espérance des hommes.
Des hommes de mon village.

Mongo.
Je me demande quand j'ai eu envie de fuir, quitter ces paysages d'enfance et ce pays. Miens.
Cette terre, que je connais par cœur.

Mongo.
Je suis de retour à Mongo.
Vivant.
Et.
C'est la fête au village, on célèbre.
Le retour de l'enfant.
L'enfant du *mboa*.

Mongo.
Au sud d'Éden.
Éden, qui n'existe pas, n'existe nulle part.

Il y a toujours le manque

D'un être
D'un pays
D'une terre
D'une mer
D'une montagne
D'un paysage
D'un visage
D'un plat
D'un parfum
D'une odeur
D'une langue
D'une ville
D'une vie de rien
Grande comme un tout
Part de vide

Impossible à combler.

J'ai fait la connaissance d'Imane.
Elle me parle avec ferveur.
De son engagement.
Des raisons de sa colère.
Et de sa révolte.
Je me reconnais en elle.
Je lui dis.
Comme je la trouve.
Jolie.
Elle sourit.
Je me sens bête, car je n'ai rien trouvé d'autre à répondre
à tout ce qu'elle a bien voulu partager avec moi, de ses
idéaux et de ses combats.
Je souris aussi, confus.
Et je me rattrape, enfin j'essaye.
Je lui raconte mon parcours.
Le chemin qui m'a conduit jusqu'à l'association pour
laquelle je travaille aujourd'hui.
La route par laquelle je suis passé.
Pour arriver enfin à moi-même.
Geste simple de tendresse
D'une humaine pour un autre humain.
Imane a pris ma main dans la sienne.
Frisson.
Le soir est tombé, doucement.
Sur la pointe des pieds.

Père Antoine en est venu à évoquer son église.

Nous dire comment il s'est retrouvé à accueillir.

Accueillir. Il a une manière bien à lui de prononcer ce mot.

Je ne savais pas qu'on pouvait à ce point incarner un verbe.

Nous allons ensuite à la découverte de la « maison » comme il l'appelle. Pièce par pièce. Il nous apprend que les jeunes *fugees* hébergés rue d'Acila, pour la plupart originaires de Guinée, du Mali et du Sénégal, sont de confession ou de culture musulmane. Alors il a fait installer une salle de culte pour eux, afin qu'ils puissent prier Allah dans la maison du dieu chrétien. Il nous fait part de leurs rituels spirituels, quotidiens, les repas du midi et du soir pris ensemble, les temps de recueillement dans toutes les langues parlées et toutes les religions en présence, afin de reformer famille perdue, éclatée, dispersée, pulvérisée. Reformer cercle humain. La cohabitation est joyeuse, bruyante, violente aussi parfois. Il y a les cris, les crises, les angoisses, les cauchemars à gérer.

Le rêve également, obsessionnel, d'Europe.

Eldorado, aux yeux des Ulysse.

Père Antoine nous propose de rester dîner.

Nous acceptons, honorés. Je n'ai pas dit mot pendant la visite de Saint-Louis-d'Anjou, mon émotion est trop grande. Aladji, photographe, a réalisé quelques clichés de la rencontre et des portraits de ceux qui le souhaitaient, amusés. Céline, notre présidente dévouée, a pris des notes, beaucoup de notes, questionné le père. Et ses filles et fils. Passagers des vents.

Je suis sidéré, bouleversé, par tant d'humanité enfermée et libre à la fois. Enfermés et libres à la fois. Je. Tu. Nous. Elles et Ils.

Nous rentrons après avoir partagé le tajine préparé par des mamans du quartier, qui ont décidé elles aussi de faire leur part, prendre parti, participer à l'accueil.

Apporter leur aide, humble et grande à la fois, chaque vendredi en offrant le couvert à père Antoine et aux enfants de sa maison sainte.

Nous rentrons, en silence, à pied, Aladji, Céline et moi. Chacun de nous marche, les yeux fixés sur ses pensées, traversé de questions sans réponses, de réponses sans questions, nourri du regard habité du prêtre et de sa foi, des sourires échangés avec nos hôtes, du texte plein d'espoir rappé par Yaguine et Fodé, aèdes modernes, trente-deux ans à eux deux. Yaguine et Fodé.

Je n'ai pas réussi à dormir.
Assailli.
Bousculé.
Apaisé.
Bousculé encore.
Par la géopolitique sans poésie du monde.
Les stratégies, les statistiques.
Les vies humaines derrière les chiffres.
Tragédie. Antique. Moderne.
La mal-gouvernance, la non-gouvernance même, si gouverner c'est prévoir. Et nos gouvernements carnivores ne prévoient rien, ils dérobent, mangent, dévorent. Leurs sols et leurs sous-sols. Leurs matières premières.
Et même leurs enfants.
Nos présidents *à vie jusqu'à la mort* sont des ogres.

Tout se mélangeait en moi.
Rome, Douala, Oujda.
Le souvenir de Mélodie.
Place Saint-Pierre.
Le sourire bienveillant de Sita.
Bonapriso, sous le manguier.
Nietzsche.
Et Dieu qui est mort, à Douala.
Un 17 octobre noir.
Rue d'Acila.
La main d'Imane.
Encore dans la mienne.
Et cette voix.
Si douce.
La voix de ma mère, d'outre-tombe.
Autre monde.

Le lendemain au colloque, tant de choses ont été dites, énoncées, débattues, battues en brèche.
Tant de choses ont été dites.
Les associations ont partagé.
Expériences. Difficultés. Résultats. Combats. Espoirs. Désillusions.
Face à celles et ceux qui nous gouvernent.
Du sud au nord. De l'ouest à l'est. D'Éden…
Crise migratoire. Montée des extrêmes.
Agit-prop. Manipulation des masses. Clientélisme.
Partis de gauche et de droite, extrêmes ou non, tous prisonniers de calculs électoraux.
Tant de choses ont été dites.
Le pire et le meilleur de l'homme.
Le cynisme et l'utopie.
L'utopie, qui nous manque.
Nous manque tant.
L'utopie, cachée.

Cachée sous le plafond.
Le plafond des phrases.
L'utopie, en conscience et en actes.
Actes de femmes et d'hommes.
De femmes et d'hommes qui tendent la main.
La main à d'autres femmes et hommes, êtres humains.
Êtres humains qui marchent.
Marchent sur la Terre.

Douala

> *Spasme de vivre*
> *Douleur de givre*
> *Où vis-je ?*
> *Où vais-je ?*

Je suis rentré à Douala avec les mots des jeunes rappeurs réfugiés rue d'Acila.

Yaguine et Fodé m'ont rappelé à moi-même. Leur jeunesse insolente, leur assurance naïve et lucide à la fois, leur rapport à l'écriture. Passion qui ne passe pas.

Les mots qui nous saignent sont souvent aussi ceux qui nous signent, nous soignent et nous sauvent.

Yaguine et Fodé rappaient leur traversée, ils rappaient leurs souvenirs, leurs désirs tenus en laisse, leurs révoltes enchaînées. Rappaient leurs vies, comme pour ne pas les perdre. Ne rien perdre. Ne pas se perdre eux-mêmes, en chemin. La route est longue, qui mène à soi, encore plus longue celle qui mène au rêve porté. Reporté.

Déporté dans le champ du réel.

Le camp de l'existence. Hors chant.

Yaguine et Fodé rappaient leur exil, le mien aussi, vécu plus tôt et différemment certes, mais nous partagions le même blues, les mêmes bleus à l'âme, le même sort triste, la même solitude que d'autres, comme nous seuls au monde, tant d'autres. En humanité, sœurs et frères aux ailes amputées.

71

Dès mon retour à Douala, j'ai repris mon carnet.

Et mon stylo. Je n'avais pas écrit depuis Rome et Mélodie, je n'avais rien écrit depuis mon retour au *mboa*. Sita chantait.

Et cela suffisait.

Cela suffisait à apaiser mon âme.

Sita.

Je suis revenu changé du Maroc.

Chargé.

L'envie de m'investir plus encore que je ne le faisais déjà avait saisi mon être. Tout entier.

Le courage des jeunes *fugees*, rencontrés à Oujda, m'obligeait.

Leur espoir inébranlable.

Et leur désespoir aussi.

Je prenais conscience de ma chance également.

J'étais vivant.

Sita avait tant raison.

J'étais vivant, oui.

Et mon aventure italienne ne m'avait pas laissé.

Pas laissé de traces.

De traces indélébiles.

Enfin si, Mélodie.

Moindre mal.

Ibra continue de lire.

Il s'écrit aussi, un peu.

Dans le silence et l'absence.

Le vide laissé par sa mère disparue.

Les relations avec son père ont atteint le point de non-retour lorsque celui-ci l'a mis dehors, enragé d'avoir trouvé dans la chambre de son fils une photo de celle qui ne méritait pas qu'on pense à elle, « la morte ».

Ibra s'est refusé à encaisser.

Encaisser.

Une fois de plus.

Une fois de trop.

La violence d'un homme, indifférent aux appels et aux signes de détresse de son enfant.

Ibra a fugué.

D'une maison qui n'en était pas.

N'en était plus.

Depuis le départ.

Le départ de la première femme dans sa vie.

Sa mère.

Ibra est parti.

Avec ses livres.

Et ses souvenirs.

Sous le bras.

Ibra a pris la route.

Un soir de lune pleine.
La longue route.
De l'exil.
Ibra.

Nous avons réorganisé les tâches au sein de l'association.

Il m'incombait désormais plus de responsabilités et de libertés, comme celle de réfléchir à d'autres moyens d'informer, de former les éducateurs, d'accompagner les jeunes en errance.

Les missions se succédaient et je me rendais compte de l'ampleur de la tâche. Je découvrais une guerre. Oui, une guerre, menée contre les réfugiés ; guerre psychologique, idéologique, politique, armée.

Je redécouvrais en fait ce que je savais déjà : notre humanité est en guerre contre elle-même.

Et les plus faibles en meurent chaque jour, chaque nuit.

Dans une indifférence sidérante.

L'association avait fini par obtenir le statut d'organisation d'intérêt général, notre travail de prévention était reconnu au pays et à l'international. Et nous étions invités une à deux fois par mois, à assister à des rencontres et des colloques, temps d'échanges et partages.

Pour mieux faire.

Ensemble.

Gens du Nord et du Sud.

Citoyens du même monde.

Quoi qu'en disent les extrêmes.

Du côté de la haine.

La haine de l'autre.

Différent.

Le téléphone a sonné.

Quelques mois après Oujda.

Le père Antoine et Céline, notre présidente, gardaient contact, envisageant une collaboration entre nos structures. Le prêtre s'intéressait aux méthodes que je développais et commençais à mettre en place pour accompagner par la parole, redonner les mots à celles et ceux qui avaient été mangés par la route, ravagés par les maux infligés. Il a demandé à Céline si notre partenariat pourrait ainsi commencer par une semaine à dix jours de formation des équipes bénévoles marocaines qui le soutenaient et venaient en aide aux *fugees* abrités dans son église. Céline m'en a parlé, et très vite nous avons pris la décision de mon départ pour le Maroc.

Quinze jours.

« Tu restes quinze jours là-bas, et tu me fais le plaisir de ramener tes fesses ici. Nous avons le sommet d'Addis-Abeba à préparer... »

Céline était la réincarnation en femme du chef d'Axel Foley dans *Le Flic de Beverly Hills*. Son verbe fleuri n'avait d'égal que sa générosité et son efficacité pour obtenir les moyens dont nous avions besoin sur le terrain, tout en gardant notre liberté. Elle était incroyable. Elle fixait le cap et nous la suivions. Elle était juste, Céline.

Et même si j'en avais marre des sommets parfois, je savais que je n'avais pas d'autres choix que celui de « ramener mes fesses » à Douala au bout de mes quinze jours à Oujda.

Elle me faisait sourire, Céline.

Aladji serait du voyage aussi.

Vers l'Atlas.

Le soir même, j'informai Sita de ma mission.

Elle ne dit mot, mais me sourit à la lueur de la bougie qui éclairait son visage et les rides de sa jeunesse éternelle. Je regardais ma grand-mère et me faisais la réflexion que je ne la voyais pas vieillir. Sita avait toujours la même énergie, la même acuité dans le regard, la même bienveillance de tous les instants. Le même âge, celui de mon enfance. Sita.

Après le repas pris ensemble, nous nous installâmes sous la véranda bordée d'arbres.

Et Sita entonna un air de jazz. Jazz sous les manguiers.

J'aimais ces moments de communion avec elle.

Dans cette maison qui m'avait vu naître, pousser mon premier cri, faire mes premiers pas.

Vers le monde.

Je rassemblai ensuite quelques affaires.

Des livres essentiellement.

Ma trousse de toilette.

Des vêtements propres.

Mes carnets.

Et mon vieux dictaphone gris.

Sita chantait encore.

Dans mon songe cette nuit-là.

Nuit noire, enveloppante.

Dormante accoucheuse.

De rêves insubmersibles.

De mélodies qui soignent l'âme.

Et réveillent l'aurore, boréale.

En nous.

Sous protection.

Je pouvais partir.

En paix.

Jour 9

La journée a été éprouvante.
Yaguine et Fodé ne sont pas rentrés hier soir.
Les deux ados sont portés disparus.
Aucun de leurs camarades ne sait où ils peuvent être.
Imane, elle, pense avoir une idée.
Elle ne veut pas en parler.
Pour ne pas inquiéter père Antoine.
J'insiste, un peu.
Elle me fait promettre de garder pour moi ce qu'elle ne me dira finalement pas, préférant me donner un bout de papier trouvé dans la chambre exiguë que partageaient les deux garçons. Amis frères. Pour la vie.
Un texte.
Ou plutôt un brouillon.
Et ces mots, raturés :

> *Je suis le capitaine de mon destin*
> *Le maître de mon âme.*

Plus tard dans la soirée, Abdou, un autre jeune de la bande, ira voir père Antoine avec une épistole, adressée à l'homme d'Église. Yaguine et Fodé ont filé en étoiles.
L'intuition d'Imane.

Cher père,

Nous ne pouvions nous résoudre à rentrer au pays, pas après tant de sacrifices. Alors nous avons fait le choix difficile de reprendre la route. Merci de nous avoir accueillis si bien, de nous avoir redonné foi en l'Homme. Après tant de crimes commis contre notre humanité. Nous ne vous oublierons pas. Nous n'oublierons pas Imane non plus. Jamais.

Vous nous avez traités comme les enfants que nous aurions pu être, les enfants que nous aurions pu rester encore un peu, si la vie et la mort n'étaient pas passées par là.

Nous reprenons la route car nous avons le sentiment d'être appelés à notre destin, ailleurs. Y arriverons-nous ? Nul ne sait, mais Yaguine et moi sommes certains de notre décision de quitter le foyer que vous nous avez offert. Nous ne pourrons jamais vous remercier à la hauteur de ce que vous avez fait pour nous. Nous étions brisés en arrivant de Libye, et n'imaginions pas que nous pourrions à nouveau espérer quoi que ce soit de l'existence après les mois de violence et de sévices à Tripoli. Nous ne pensions pas que nous pourrions encore nous regarder dans un miroir, faire face à nos images défaites, nous sentir garçons. Nos gardiens là-bas nous avaient tout pris, tout. Et à Oujda, grâce à vous, à Imane, aux mamans tajine, et à tant d'autres, nous avons pris conscience de l'espoir qui nous restait. Encore.

Nous ne nous sommes pas rencontrés par hasard, nous avions rendez-vous. Nous voulons y croire. Nous y croyons. Ensemble. La musique nous lie. Notre musique nous livre à nouveau à la route. La route vers le monde.

Nous ne pouvions pas rentrer. Pas après tant de sacrifices.

Nous espérons tellement que vous comprendrez notre choix.

Demandez à Imane de nous pardonner, elle a fait beaucoup pour nous aider à nous réparer. Dites-lui bien que nous promettons de faire attention. Attention à nous. Comme elle nous le répétait sans arrêt. La rue d'Acila va nous manquer, nous espérons que vous le savez, vous allez tous nous manquer. L'humanité partagée, dans votre église qui est une maison, une maison de femmes, d'enfants et d'hommes.

Nous ne sommes pas seuls sur la route, nous ne serons plus jamais seuls. Et nous vous donnerons de nos nouvelles aussi souvent que nous le pourrons. Vous êtes notre famille, vous savez. Quand nous avons appelé nos mères au Mali pour leur dire que nous allions repartir, elles nous ont d'abord demandé si vous étiez au courant et ce que vous en pensiez, elles ont insisté pour que nous vous demandions votre bénédiction avant le départ. Et elles vous remercient toutes deux, pour avoir fait de nous vos fils d'une autre terre, d'une autre religion, vos enfants de cœur.

Nous vivrons de notre musique, c'est écrit quelque part, en nous inscrit. Nous avons des choses à dire au monde, des choses à dire du monde. Tant. Notre rap n'est pas petit. Il est grand. Grand comme le monde, dont nous sommes citoyens nous aussi, n'est-ce pas ?

Nous ne sommes pas seuls. Nous ne serons plus jamais seuls. Merci, mon père. Et dites bien à Imane qu'elle a été, est et sera toujours pour nous une sœur aînée, notre grande.
Prenez soin de vous.

Yaguine et Fodé

Père Antoine a lu la lettre, à voix haute.
Devant tous les pensionnaires de la maison.
Dans un silence assourdissant.
Absolument poignant.
Debout, juste derrière moi, Imane, en larmes.
À mon tour de prendre sa main.
Dans la mienne.
Geste simple.
De tendresse.
D'un humain.
Pour une autre.
Humaine.
Imane.

Je raccompagnai la jeune femme ce soir-là.
Elle était vraiment attachée à Yaguine et Fodé, et aux autres jeunes aussi. Ils donnaient du sens à sa révolte. Et plus encore. Du sens à sa vie. Je me rendais compte à quel point nous nous ressemblions. Je ne prenais pas de distance non plus avec mon travail associatif. Il était engagement. Total.
Sita avait raison.
J'étais rentré vivant de mon exil européen.
J'aurais pu en revenir les pieds devant.
Ou ne jamais revenir d'ailleurs.
Il y avait un sens à tout cela.

Forcément.

Il ne pouvait en être autrement.

Il y avait un sens.

À Douala.

Et ici, à Oujda, encore plus.

Bouleversé par les *fugees*.

Je me faisais un devoir de témoigner.

Témoigner de leur traversée et du courage de leur désespoir, de leur force et de leur rage.

De vivre.

Elles et Ils, Ulysse modernes.

Résistants, résilients magnifiques.

Imane m'a invité à boire un thé.

Elle ne voulait pas rester seule.

Avait besoin de parler.

S'épancher, un peu.

Je ne pouvais pas lui dire non.

Alors je suis monté, avec elle.

Au premier étage.

De notre amour.

Jour 1

Nous sommes arrivés ce matin à Oujda.

Père Antoine est venu nous chercher à l'aéroport, avec deux des jeunes de la maison. Il est très heureux que nous soyons de retour sur « cette terre de joies et de larmes ».

Sa voix est posée.

Et son regard, toujours habité.

Je me demande quelle est son histoire.

Avant.

Avant Oujda.

Avant la rue d'Acila.

Avant l'église Saint-Louis-d'Anjou.

Avant les ordres.

Avant le désordre du monde.

Aladji et moi dormirons de nouveau au *Terminus*.

« Tout le monde descend », nous a dit père Antoine souriant, en nous déposant à l'hôtel. Nous avons souri aussi.

Nous sommes invités à dîner avec le prêtre et les jeunes, quelques bénévoles seront également présents.

Nous acceptons avec plaisir. Le travail commencera seulement demain.

Je me demande, sans oser poser la question, si elle sera là, elle aussi. Elle, aux yeux verts, émeraude.

Bonjour mon frère, comment va ta douleur ?

Ainsi commençait le texte de rap offert par Yaguine et Fodé lors de notre première rencontre.

J'ai décidé de m'appuyer sur cette phrase pour commencer mes ateliers avec les *fugees*.

Mon idée est d'instaurer un silence en eux, autour d'eux, pendant chaque séance de poésie-thérapie.

Réapprendre à faire silence.

Et écouter ce qu'on entend de soi.

Choisir de le partager ou non.

Poser un regard sur son être.

Se parler.

S'écrire.

S'ouvrir.

Se demander comment on va.

Et où on en est.

De son chemin.

Intérieur.

Son parcours, sa traversée.

De toutes les frontières, qui nous rapprochent ou nous éloignent. De nous. Du monde.

Je crois au pouvoir de la parole. Je crois à la résilience.

Par les mots.

Les nôtres.

Et ceux d'autres, aussi.

Tuteurs.

Professeurs

D'espérance.

Qui peuvent.

Nous aider, nous soigner, nous accompagner.

Sur la route de nous-mêmes.

Jour 2

Il s'est passé quelque chose, hier.

Dans la maison de Dieu.

Quelque chose qui m'a troublé, peut-être même plus que ça. Quelque chose qui m'a ému.

Pendant le repas.

Père Antoine a récité le bénédicité, avant d'offrir la parole, comme à l'accoutumée, à un des *fugees*, Abdoulaye, le Malien, c'est ainsi qu'il se fait appeler, Abdoulaye qui a dit une sourate du soir, remerciant Allah pour notre pitance.

Un autre jeune, que j'imaginais plutôt timide et effacé, nouveau venu rue d'Acila répondant au prénom d'Ibra, a demandé à parler lui aussi, pour bénir nos assiettes.

Notre cercle d'humanités entrelacées a accepté sa requête.
À l'unanimité.
Quelle ne fut ma surprise quand je l'entendis dire.
Dire, à voix basse mais intelligible, un poème.
Pour toutes, pour tous.
Un poème.
Pour nous.

Jour 3

Je n'imaginais pas.
Je n'imaginais pas tant de jeunes.
Tant de jeunes inscrits.
La salle dédiée aux ateliers est comble.

Nous avons pris le temps hier, avec les bénévoles engagés à suivre la formation, d'expliquer aux *fugees* le travail que nous accomplirons ensemble. L'idée d'écrire ne rebute personne, celle de s'écrire non plus.

Seules Mariama, une adolescente guinéenne, et Esther, la Tata de la maison, ont opposé un refus ferme. Elles ne souhaitent pas « étaler leur vie » devant les autres. Imane a essayé de leur expliquer qu'elles seraient libres à chaque instant de partager ou non leurs émotions et leurs écrits, rien n'y a fait. C'est trop tôt. Ou trop dur. Ou les deux.

Je le comprends.
Père Antoine aussi.
Nous n'insistons pas.

> *Bonjour mon frère, bonjour ma sœur,*
> *comment va ta douleur ?*

Les paroles se délient.
Les cœurs se délivrent, un peu, peut-être.

L'encre coule.
Les larmes aussi.
Praxis poétique.
Catharsis.

> *C'est pas l'homme qui prend la mer*
> *C'est la mer qui prend l'homme*[1]

Les mots du chanteur ont une autre résonance en moi depuis que je travaille à l'asso. J'ai les images. De chaque naufrage. De chaque sauvetage. En mer. J'ai les images. De femmes, d'enfants et d'hommes. Elles et Ils. En ballottage. Toujours défavorable. Non définitivement, ce n'est pas l'homme qui prend la mer...

Yaguine et Fodé, dont la culture, littéraire, musicale, m'interpelle, sans cesse me frappe, sont les plus éloquents, les plus prolixes en atelier. Ils ont compris le sens de ma démarche je crois, et surtout ils connaissent déjà le pouvoir des mots, médecine douce, baume pour l'âme.

Ils écrivent et rappent. Leurs maux.

Je ne leur apprends rien, rien excepté l'écoute. Des autres. Autour.

> *Pourquoi on part ?*

> *Parce qu'on veut goûter nous aussi*
> *Même un peu*
> *Au droit de rêver*

> *Parce qu'on veut toucher nous aussi*
> *Même un peu*

---

1. « Dès que le vent soufflera », *Morgane de toi*, paroles et musique de Renaud, Polydor, 1983.

Notre part
Notre part de ciel

Je prends conscience pendant l'atelier, que nous n'avons jamais donné la parole à ces jeunes, nous parlons toujours pour eux. Dans les colloques et toutes les instances de décision. Même au sein de l'association, entre nous, militants pourtant rompus aux questions migratoires, nous avons souvent imaginé les raisons pour lesquelles Elles et Ils partaient. Et tous les poncifs y passaient, certains très justes. Légitimés par les « publics » accueillis par notre structure et toutes celles accompagnant ces damnés de la Terre. Elles et Ils partaient, pour fuir.

Fuir la misère.
Fuir la violence.
Fuir la guerre.
Fuir la dictature.
Fuir l'instabilité politique.
Fuir le monde connu et son chaos.
Fuir pour se sauver.
Sauver sa peau sur les os.
Sauver son dos, échine courbée devant les satrapes tropicaux.

Nous imaginions les choses ainsi.
Et nous nous en contentions.
L'urgence était ailleurs, nous semblait-il, et elle l'est sûrement en un sens, ailleurs.
L'urgence.

Pourquoi on part ?

Parce qu'on a grandi du côté de la nuit sombre
Privé du soleil de la tendresse
Et qu'on pense avoir droit, nous aussi,
À la lumière du jour, ou tout au moins à son ombre

Les images se superposent.
Les unes aux autres.
Les jeunes lâchent, prise et prose.
Se soutiennent.
Et se tiennent.
Debout.
Par les mots.
Les mots qui fusent.
Refusent.
D'abdiquer.
Refusent.
De se soustraire.
Du monde.
Refusent.
De renoncer au songe porté.
Dans le monde.
Comme Elles et Ils.
En quête perpétuelle.
De leur bonne heure.
Bleue.
Azur.
Espoir.

J'écris, moi aussi.

Avec eux.

Pour eux.

Et je me dis que c'est Yvon qui a raison, les continents sont des radeaux perdus, et nous, femmes et hommes, sommes si peu de chose en somme, si infimes dans le courant, le courant de la vie, la vie qui bat des ailes, des ailes derrière le poème.

Je pense à Sita.

Elle me dirait que le travail mené auprès des *fugees* ne changera pas la face immonde du monde, mais elle ajouterait, aussitôt ou presque, que je fais bien d'exercer mon « métier d'humain » et d'adosser ma vie au sens, en exécutant ma tâche. Ma tâche de bienfaisance.

Je pense à Sita, et à sa fille, ma mère, qui serait fière, je le pense, je l'espère, que j'entreprenne enfin de vivre. Utile.

Vivre utile.

Comme elles avant moi.

Elles.

Toutes les femmes de ma famille.

Phares dans la nuit.

Père Antoine a demandé à me voir.

Il veut parler de l'atelier de la veille.

Les bénévoles y ayant pris part ont été fascinés, touchés au cœur par ce que nous avons vécu ensemble, autour des jeunes et de leurs fragments de poésie.

Histoires de survie.

Récits de voyage.

Et d'errance enracinée.

Enracinerrance.

Peut-être.

Père Antoine me demande si je m'y attendais.

Si je m'attendais à une telle déferlante.

D'images, de mots.

Intimes.

Une telle réactivité.

Aux « je » d'écriture proposés.

Une telle créativité.

Inventivité, qui harmonise le chaos-dedans.

Aide à faire face.

Au chaos-dehors.

Venir aux mots, c'est se remettre au monde.

Parfois.

Par choix.

De ne plus jamais perdre.

La face.

La sienne.

Son visage.

Humain.

Père Antoine me ramène à moi-même et à sa question, éludée un instant. Je réfléchissais. Est-ce que je m'y attendais ?

Non. J'ai appris dans la vie à ne plus rien attendre, mais à tout espérer. Surtout l'humanité juste, juste l'humanité, en fuite, enfouie dans la pénombre de soi, offerte au jour qui se lève en nous afin que notre nuit intérieure s'achève enfin.

Est-ce que je m'y attendais ? Non. Comment aurais-je pu ? J'expérimente.

Je suis mon intuition.

J'écoute.

Les cœurs qui éclosent, s'ouvrent en écho.

Sans ego, j'écoute, j'ai appris avec Sita.

Grâce à elle.

Depuis mon retour de Rome, j'écoute.

Oui, j'écoute désormais, vraiment, plus que je ne parle, plus que je ne parlerai plus jamais, dans le cadre de ma mission avec ces jeunes gens, qui me bluffent, me surprennent, m'émeuvent. Infiniment.

J'écoute et repense à ces mots de Sita, qui a raison. Tellement. Raison.

Encore. Raison.

Toujours. Raison.

Définitivement.

« Parler, c'est d'abord écouter l'autre. »

Père Antoine me regarde.

Droit dans les yeux.

Miroirs de l'âme, dit-on.

Droit dans l'âme, donc.

Et il a une phrase, pour moi et pour Sita, que je n'oublierai sans doute jamais.

Jour 12

Aladji est venu frapper à la porte de ma chambre.

Il doit me parler, dit-il, c'est important.

« Mano, tu crois que ce qu'on *do* ici peut *help* vraiment ces gamins ? Est-ce que ce n'est pas dérisoire face à ce qu'ils ont subi hier, ce qu'ils subiront encore demain ?

— Mon type, franchement je n'en sais rien, mais je suis convaincu que notre place est ici, notre juste place, et que nous faisons notre part. C'est bien pour ça que nous nous sommes engagés dans l'association, non ?

— Oui, je sais, mano, je sais, mais le départ de Yaguine et Fodé, leur lettre, tout ça me travaille depuis deux jours, d'autres repartiront, tous repartiront peut-être, à la mort, à la mer, ils... Nous... ne faisons que colmater des brèches, nous ne...

— Non, mon type, nous ne colmatons pas de brèches, nous en ouvrons, en eux, nous ouvrons d'autres possibles, en eux...

— Mano...

— Oui, mon type...

— Merci...

— Merci ? Pourquoi ?

— Pour ce voyage avec toi, et ta foi...

— Ma foi ?

— Oui ta foi, ta foi en l'humain... »

Aladji est redescendu dans le hall de l'hôtel, me laissant finir de me préparer. Nous avons rendez-vous dans une heure rue d'Acila.

Je suis resté un moment dans la chambre. Silencieux.

Est-ce que nous pouvons, à travers notre approche, venir en aide à ces gamins ? La question d'Aladji résonne. Ma réponse aussi, incertaine pourtant, mais il faut bien.

S'accrocher à quelque chose. Au sens. S'accrocher au sens.

De chaque geste. D'humanité.

Et le sens est là, bien là, sous nos yeux hagards.

Yaguine et Fodé ont filé, d'autres suivront, sûrement, je pense comme Aladji, mais nous aurons refusé l'injustice.

Et refuser l'injustice invite au devoir, au faire.

Au devoir-faire.

Par nous-mêmes, pour nous-mêmes.

Et pour toutes, pour tous.

Le sens est là.

Dans les moments partagés avec les jeunes, les sourires échangés, les rires aux éclats de vivre.

Ensemble.

Les mots dits, portés, offerts.

Ensemble.

Pour vaincre la tristesse et l'amertume des jours.

Oublier la guerre, en soi. Autour.

Vivre ou revivre.

Ensemble.

Revivre.

Un instant, volé à l'absurdité du monde, dénonçant la surdité des hommes, par leurs ego aveuglés, les hommes qui n'entendent pas, ou feignent de ne pas entendre.

Le bruit des bottes, qui revient toujours.

Jour 5

Pourquoi on part ?
Parce qu'il n'y a rien de bon chez nous
Pour nous

Parce que c'est compliqué
De devoir avorter
De soi-même

Parce que nos présis
Ne nous donnent pas
D'autres choix
Ne nous donnent rien
Même pas l'espoir

Parce que la vie au pays
Nous tue à petit feu
Un à un
Un petit peu
Chaque jour
Chaque nuit
La dictature nous génocide intérieur

Les réponses des *fugees* continuent de pleuvoir.

On ne peut arrêter un fleuve qui coule.

De tout son désespoir.

Jour 10

Je me suis réveillé
Heureux
Dans le lit d'Imane
Le bonheur est
Un instant fugace
D'éternité, où rien ne manque.

96

Ibra m'a raconté qu'il a parfois l'impression, depuis l'enfance, d'avoir un cœur « mille chevaux », cœur qui bat à mille à l'heure.

Il me fait un peu penser à moi à son âge, réservé, dans son monde, dans les livres. Il a toujours des mots à la main, les siens ou ceux du poète, comme il l'appelle sans jamais le nommer. L'atelier a la vertu de le sortir de lui-même et des silences qui l'ont construit jusqu'ici.

Aladji est en grande discussion avec Imane, quelques pas plus loin. Il lui parle du Cameroun, elle lui révèle le Maroc.

On pourrait croire, parfois, qu'ils parlent du même pays, des mêmes impossibilités à être pour les traîne-misère au soleil, les sans-dents, les sans-toit, les sans-foi, les sans-loi, les *s'en fout la mort*, les *s'en fout de tout*, les *sang à l'œil*, les sans-morale, les sans-visa, les sans-rien.

Rien de rien.

Ibra a quitté la maison familiale, qui n'était pas une maison, n'était plus une maison. Ibra est parti.

Avec l'espoir loufoque de retrouver sa mère, qui n'est pas morte, ne le sera jamais. Jamais. Jamais. Pour lui.

Il est arrivé à Oujda, par amour.

A pris tous les risques.

Par amour.

Emprunté le chemin de l'exil.

Par amour.

Rien n'est plus grand, dit-on, que l'amour d'une mère.

Si ce n'est, ici, l'amour d'un fils.

Ibra.

Yaguine et Fodé ont offert un texte sublime tout à l'heure, en fin d'atelier.

Tu as
Tant de rêves
En corps
Tu es
Semence
D'exil
Dans la démence
Du monde
Tu as
Fui la misère
La mort
Tu es
Ulysse
Moderne
Dans le tonnerre
Qui gronde
Tu sais
Mieux que personne
Que l'humanité
Est en guerre
Contre elle-même
Que les hommes
Sont en froid meurtrier
Avec eux-mêmes
Depuis des siècles
Et des siècles
Et des siècles
De douleurs
Comme une

Alors
Tu vas
Libre
D'île en île
Tu marches
De ville en ville
Tu marches
Dans le tumulte
De la vie
Tu meurs
Un instant
Puis ressuscites
Et marches
Encore
Tu marches
Toujours
Tu marches
Envers et contre tous
Et pourtant
Tu marches aussi pour nous
Remettre au monde
Nous défaire de la haine de l'Autre
Nous faire capitaines de nos âmes, maîtres de nos destins
Et nous refaire naître à nous-mêmes
Plus humains
Tu marches vers le jour
Tu marches
Vers
Le jour d'après
La faim qui t'étreint les tripes
T'éteint
Et pourtant
Tu marches
Encore
Toujours
Tu marches

Tu prends la mer par tous les temps
Quand ce n'est pas elle qui te prend
Dans son ventre, d'eau ou de sable
Océans et déserts sont cimetières
De tant de cœurs sans sépultures

Dors, enfant de la Terre, dors
En paix, peut-être, enfin
Dors enfant, dors

Tu as
Tant de rêves
En corps

La communion dans la pièce est totale. Elle en dit long sur notre être-ensemble. Imane, la première, s'est précipitée vers les deux gamins, pour les prendre dans ses bras et les remercier pour l'émotion juste et la puissance de la douceur des mots.

Tout le monde a suivi. Père Antoine aussi. Je n'ai pas bougé.

Tétanisé, je me demandais comment, comment à leur âge, on pouvait porter autant de choses, comment à leur âge, on pouvait avoir autant de courage, comment à leur âge, on pouvait être aussi résilient, aussi résistant, comment à leur âge, on pouvait réussir à trouver la juste distance avec sa propre vie pour offrir une telle compassion, dans le poème, le regard, le geste d'empathie.

Je n'ai pas bougé. Pas tout de suite. Je ne pouvais pas.

Je regardais, interloqué, le groupe de travail, jeunes et bénévoles ensemble autour du père.

Aladji photographiait.

La scène.

Je suis sous la douche, le téléphone sonne.
C'est ma cousine, depuis Douala.
Sita a eu un malaise.
Au lever du jour.
Un malaise cardiaque.
Au bout du fil, ma cousine continue à parler ou à pleurer, ou les deux, mais je ne l'entends plus.
Je ne l'entends plus.
Ou je ne veux pas en entendre plus.

Sita

Na

Tondi

Wa.

Imane me rejoint à l'hôtel.
Aladji aussi, tout de suite après.
Je suis effondré, j'ai du mal à respirer, je ne peux pas croire, je refuse de croire, que j'ai vraiment reçu ce coup de fil de Douala. Je refuse de croire que je ne reverrai plus ma grand-mère. De son vivant.
Je pleure.
Dans les bras d'Imane et d'Aladji.
Je pleure.
De tristesse.
Et de culpabilité.
De ne pas avoir été là, pour elle, ce matin.
Comme elle a été là, pour moi, toute sa vie.

Les jeunes, qui ont appris la nouvelle du décès de ma grand-mère, ont décidé d'organiser une veillée dans la maison de Dieu. Avant mon départ, mon retour à Douala.

Je suis athée ou agnostique, selon les jours.

J'accepte pourtant l'idée généreuse des habitants de l'église Saint-Louis-d'Anjou. Et on prie ce soir-là, on chante, on dit des poèmes, dans toutes les langues du cœur, en hommage à une grande dame. Femme phénoménale. Elle aussi.

Père Antoine officie, pour Sita.

Abdoulaye le Malien récite un verset du Coran, pour Sita.

Ibra lit quelques vers du poète, pour Sita.

> *plus fort*
> *que la mort*
> *l'amour*
> *éloquence*
> *du silence*
> *et du vide*
> *évidence*
> *battement d'ailes*
> *en mémoire*
> *d'elle*
> *Mon cœur danse*
> *Mon cœur danse*
> *Mon cœur danse*

Toute la maisonnée se recueille, pour Sita.

Imane me tient la main, pour Sita.

Aladji me confie, en rentrant, qu'il n'avait jamais assisté à quelque chose d'aussi beau, toute cette humanité

manifestée par des gens que nous ne connaissions pas il y
a encore quelques jours.

« Mano, nous étions une famille ce soir.
— Oui, mon type, nous étions une famille.
— Ce… ce voyage est une leçon pour moi.
— Pour moi aussi, mon type… une leçon inoubliable…
— D'humanité.
— Oui, mon type… d'humilité aussi.
— Et de courage, et d'abnégation, et d'art de vivre…
Mon regard a changé, mano, j'ai l'impression d'avoir
recouvré la vue, la vue sur le monde, sur les autres, même
mes photos ne sont plus pareilles, je te jure, je te montrerai
les derniers clichés que j'ai pris, quelque chose a surgi, c'est
différent, je ne sais pas l'expliquer, mais vraiment, il y a
quelque chose…
— *Bro*, j'en suis heureux pour toi.
— C'est la *first time* que tu me *call bro*.
— Nous étions, nous sommes, une famille ce soir, non ?
— Si, *bro*, si, il en est ainsi, et nous formerons toujours
famille, en souvenir de nous, ici, à Oujda… »

Aladji et moi continuons notre conversation dans le
patio un moment. Le temps qu'Imane arrive. Marocaine,
elle ne peut dormir avec moi à l'hôtel, nous nous expose-
rions, mais elle a décidé qu'elle ferait ce qu'elle voulait, et
ce qu'elle veut ce soir c'est être avec moi, elle veut que je
lui parle de ma grand-mère, que je lui parle de nous, s'il
y a un nous. Possible.
Je repars demain.

Aladji et moi sommes à l'aéroport et nous apprêtons à quitter le Maroc, grandis. Nous savons que ce pays, ou plutôt cette ville, ou plus précisément encore, cette rue du monde, la rue d'Acila, ne nous quittera plus. Jamais.

Ce que nous avons vécu ici est imprimé en nous. Définitivement.

Nous embarquons.

Notre vol en direction de Casablanca a une heure de retard. Nous espérons ne pas rater notre correspondance pour Douala.

L'avion décolle.

Enfin.

Derrière nous, les lumières.

Les lumières d'Oujda.

Je ferme les yeux.

Et je vois.

Sita.

Je l'entends.

Me dire.

« Il faut parfois aller voir ailleurs si on y est, pour se rendre compte qu'on y est, souvent, qu'on y est aussi, qu'on y est toujours. Nous pleurons et nous sourions dans la même langue, *a mouna*, nous sommes les mêmes... »

Nuage de tendresse éternelle.

Je pense au poème, au poème de Birago.

Et j'écoute. La voix du feu...

La voix de feue ma grand-mère, Sita.

J'ai laissé un mot mystère à Imane, écrit rapidement, tôt ce matin, en la regardant dormir, ému par son sens de l'amour, bouleversé par sa sollicitude pour moi.

Dansent
Les étoiles
Dans nos mains
En fleur
Généreuses
Ouvertes
Sur le monde
Demain
Est une mélodie
Bleue
Qui s'envole
D'une maison
Sans toit
Riyad
Habité
Par les djinns
Que nous sommes
J'apprends
Toujours
De la vie
Qui m'embrase
Depuis
Mes premières rimes
Embrassées
Sous le manguier
De Sita
Là-bas
À Douala
Pas si loin
De toi

J'espère qu'elle arrivera à lire. Entre mes lignes. Qu'elle arrivera à me lire. Tout court.

Le passé se ranime en moi, émoi d'un fils, *a mouna* comme Sita m'appelait enfant, pour que j'aille lui faire ses courses chez Moselly, le boutiquier du quartier, ou que je me rende à l'alimentation générale pour lui acheter Beck's et petites Guinness, ses bières préférées.

A mouna, quand il fallait venir saluer ses amies du *mwemba,* son association d'entraide entre femmes, réseau de sororités. Affinités électives.

A mouna, quand il fallait compter l'argent de sa tontine et lui faire un bilan financier, que je ratais le plus souvent.

A mouna, quand elle me disputait gentiment parce que j'avais maraudé quelques mangues avec les amis du quartier.

A mouna, quand il fallait se réveiller pour l'école, le collège, le lycée, aller passer le BEPC, le probatoire, le bac que je n'ai pas eu.

A mouna, quand il fallait mettre la table le dimanche avec ma cousine, pour le déjeuner joyeux en famille.

A mouna, quand elle me racontait les frasques de mon grand-père, et celles de mon père. Leur amour et soutien indéfectibles aussi.

A mouna, quand elle m'avait annoncé la plus terrible nouvelle de notre vie, la mort de ma mère, sa fille unique.

A mouna, quand elle m'avait dit de faire attention à moi, après avoir béni mon projet de partir du pays, et aidé au point d'y engloutir une grande part de ses économies.

A mouna, quand j'étais revenu, rapatrié par un État européen qui ne voulait pas de moi, *extra-comunitare.*

A mouna, quand elle me soignait. En chantant.

Pour apaiser mon âme. Et la sienne aussi, peut-être.

« *A mouna,* tu es rentré vivant, il y a un sens à cela. »

A mouna, c'est moi et j'ai tant de souvenirs de toi, Sita.

La mort

N'arrête pas

La vie

Yaguine et Fodé

Il fait nuit noire.
La Libye est derrière.
Et pourtant, chaque nuit, les images du camp reviennent.
Sordides.
Le cachot, qui pue l'urine et les excréments, la sueur,
la torture et la douleur.
Le malheur des Hommes, le froid.
De l'inhumanité.
Les images reviennent.
Du camp de concentration de tous les vices et sévices
que porte la Terre, la violence, le viol, sur les corps.
Noirs.
Filles et garçons y passent, au bon gré des bourreaux à
l'imaginaire dérangé, pervers et sadique.
Elle n'a pas dix ans, elle, collée au sein de sa mère qui
pleure, implore qu'on la prenne elle. Tant pis, ce sera la
gamine quand même. Les geôliers ont tous les droits ici.
Tous les droits.
Blesser.
Humilier.
Sodomiser.
Égorger vif.
Assassiner.
Leurs prises.
Sans défense.

Les geôliers, maîtres de l'univers sale, ont tous les droits ici.

Alors ils font.

Ce qu'ils veulent, comme et quand ils le veulent.

Ils ont rétabli l'esclavage.

L'esclavage des *nègres*.

Yaguine est arrivé le premier à Tripoli.

Fodé a suivi, quelques jours plus tard.

Les passeurs ont été les mêmes.

Pour l'un et l'autre.

La promesse de l'aube nouvelle s'est trouvée être mensonge.

Crime organisé.

Horreur préméditée.

Sur l'un et l'autre.

Yaguine a essayé de protéger Fodé, un peu plus jeune, plus frêle aussi, mais rien n'y a fait.

Ils ont payé.

L'un et l'autre.

Le prix fort.

De leur passage.

En Libye, détruite.

Déboussolée, sans Kadhafi.

Dictatueur éclairé, regretté parfois.

Par un peuple à l'agonie.

Livré à lui-même désormais.

Yaguine et Fodé ont payé.

Ce qu'ils devaient aux passeurs.

Et ce qu'ils ne devaient à personne.

Ils ont payé.

Cher.

Très cher.

De toute leur innocence.

Presque chaque jour.

Et chaque nuit.

Chaque nuit, noire.
Leur innocence, payée.
Les dents serrées.
Cela a duré.
Plusieurs semaines.
Avant leur évasion.
Plusieurs semaines.
De calvaire quotidien.
Est-ce donc ainsi que les Hommes vivent ?
Oui, sous les tropiques amers.
Des hommes sans foi ni loi, peuvent.
Esclavagiser qui bon *nègre* leur semble.
La traite arabo-musulmane semble avoir laissé des traces.
Et une certaine nostalgie chez certains.
Alors l'occasion est belle de revenir en arrière, de prendre par-derrière les droits de l'Homme qui n'a pas de droits, celui qui en a le moins, toujours pour certains, sur cette Terre.
Le *nègre*.
Noir.
D'Afrique.
Noir des îles.
Noir désir.
Le *nègre*.
Noir.
Sur tous les continents.
Reste un *nègre*.
Dans le regard.
De haine, de méfiance ou d'envie, porté.
Sur lui.
Depuis des générations.
Parfois.
Sans foi ni loi.
Elles non plus.

Comment on tient, encore debout, après tout ça ?

Comment on se reconstruit ? Le corps, l'esprit, et l'âme ?

Comment on ne meurt pas, ne se laisse pas mourir ?

Comment on revient à soi, à soi-même, à son essence propre, indéfigurable, inaltérable ?

Peut-on ?

Et si oui, comment, oui, comment diable ?

Comment on fait, pour marcher encore droit, la tête levée, le front haut, quand on a été chosifié jusqu'à l'extrême ?

Comment on fait, la nuit, le jour, quand la pensée nous joue des tours et que les images reviennent, au détour de souvenirs qui ressurgissent, tragiques ?

Peut-on ?

Et si oui, comment ?

Comment diable ?

Yaguine et Fodé s'étaient évadés du camp, un jour de pluie.

Torrentielle.

Il pleuvait.

Des cordes du ciel.

Sur leurs visages.

D'enfants combattants.

Battus.

Au jeu du hasard.

Jeu de la mort qui fauche.

Sans préavis.

La vie.

Peut-être qu'avec un autre passeur, l'histoire aurait été.

Différente.

Les deux garçons ne le sauront jamais.

Personne ne peut l'affirmer.

Ni soutenir le contraire.

Yaguine et Fodé s'étaient évadés du camp, un jour de pluie.

Torrentielle.

Il pleuvait.

Des cordes.

Sur leurs visages.

D'enfants.

Combattants.

Invaincus.

Au « je » de la rage.

De vivre.

« Je » qui les animait.

L'un et l'autre.

Réanimés, par la musique.

Présente, en eux.

Tellement.

Yaguine et Fodé avaient marché, longtemps.

Avant d'arriver, épuisés, à une des portes du désert marocain, Oujda, dont ils apercevaient les lumières au loin.

Ils ne faisaient plus confiance à personne, ne comptant plus que l'un sur l'autre pour avancer, trouver la force.

La force de poursuivre le voyage.

Au bout de l'enfer traversé.

En écrivant, et en rappant.

Leur histoire.

Leur vérité.

Intérieure.

Leur moi.

Leur nous.

Profond.

Sur la route, Yaguine avait trouvé une kora, adossée à un mur de briques rouges et sales. Un signe, avait-il pensé. Le jeune homme était d'une lignée de joueurs de kora, instrument de musique traditionnel de l'Ouest africain, et il était parti sans la sienne, trop encombrante pour le périlleux périple auquel il se préparait.

Un signe, cette kora.

Oui, sûrement.

Signe de vie.

Clairement.

Signal des ancêtres.

En Afrique, la musique.

Ordonne la vie.

La vie, encore elle.

Toujours elle.

La vie.

Bonjour mon frère, comment va ta douleur ?

Leur premier texte de rap commun était né.

Dans un ventre de sable.

Sous la lune bienveillante.

Et les étoiles bercées.

Par des notes bleues.

Yaguine et Fodé.
Rappaient.
Leurs vies.
Victoire.
Modeste.
Sur la mort.
La mort.
De l'âme.
Inviolable.
Elle.

RAP...
Réapprendre à parler.
Parler après le silence.
Parler pour briser le silence.
Le silence serré entre les dents.

Yaguine et Fodé.
Rappaient.
Et leur rap n'était pas petit.
Il était grand.
Grand comme le monde.
Le monde, à portée de leurs mots.

Aladji m'a montré ses photos à notre arrivée à Douala.
Il a raison, quelque chose a changé.

Chaque cliché est une capture d'âme, mais pour mieux
la rendre à celles et ceux sur les images, dont la force et la
tendresse me cueillent. Je tombe sur Imane, capturée elle
aussi par mon type. Dans la cour de la maison.

La maison de Dieu.

Ses yeux verts, émeraude, me fixent.

Me questionnent, même s'ils savent me lire.

Je regarde le portrait d'Imane, je crois.

Ou alors, est-ce le portrait qui me regarde ?

Peut-être.

Je la trouve jolie.

Elle l'est.

Brillante, infiniment.

Elle l'est.

Je la trouve par-dessus tout généreuse.

Elle l'est.

Elle a l'intelligence du cœur.

Je la trouve aussi un peu figée, là tout de suite, maintenant.

Elle ne bouge pas.

J'ai envie.

De l'embrasser.

Je pourrais.

Si elle était là.

117

Elle le souhaitait, venir avec moi.

J'ai refusé.

Je ne sais pas pourquoi.

Je regrette ma décision.

Beaucoup.

Je retrouve ma cousine.

Elle fond dans mes bras.

En larmes.

Nous sommes.

Elle et moi.

Nous pleurons.

Sita.

Et notre enfance.

Envolée.

Nous allons à Bonapriso, pour ranger.

Les affaires de notre grand-mère.

Puis nous nous asseyons.

Sous le manguier du souvenir.

Un instant.

Suspendu à l'éternité.

Avec elle.

Ici-bas.

Le ciel sera gris.

Un temps.

Sans elle, Sita.

Céline nous rejoint chez moi.

Elle me scrute, affectée.

Je lui dis :

« Tu vois, je t'ai écoutée, j'ai ramené mes fesses au bout de quinze jours, pas un de plus...

— On est là, frangin, si tu as besoin de quoi que ce soit...

— Je sais, Céline, sista, je sais... *Na som... na som jita...* »

La morgue est une épreuve douloureuse.

La plus douloureuse des épreuves quand on traverse la perte d'un être cher comme une mère. Ou une grand-mère.

Voir quelqu'un ainsi, immobile, immobile pour toujours, quelqu'un qu'on a toujours connu dans l'entrain et l'élan de la vie, est plus dur que tout.

J'ai vu ma mère morte, à quatorze ans.

Je ne m'en suis jamais remis.

J'ai vu mon père mort, six ans plus tard.

Son image, sur cette table à l'hôpital Laquintinie, me hante encore.

Mon grand-père est mort quand j'étais en Italie, occupé à débrouiller la vie.

C'est le seul de mes parents que je garde en vie insolente dans ma mémoire en deuil.

Je refuse de voir Sita, immobile pour toujours.

J'attendrai devant la porte de la mort que toutes les formalités soient faites par ma cousine et son père, mon grand-oncle.

Nous irons ensuite, ensemble, la faire incinérer.

Et dans une dizaine de jours, à sa date anniversaire, nous disperserons ses cendres à Mongo, dans son village.

Notre village, que j'ai voulu quitter.

Notre village, que j'ai quitté.

Un jour.

Ou une nuit.

Je ne sais presque plus.

Pourquoi.

Pourquoi ?

Peut-être

Parce que je suis venu

Au monde

Parce que je me sens

De partout et de nulle part

Sans doute

Parce que je veux

Courir

Le risque de vivre

Parcourir

La Terre

Habiter

Le monde

Mon histoire a commencé ici.
Sur les berges du Wouri.
Fleuve de la mémoire, qui coule.
Dans les veines de chaque membre de ma famille.
Dont Sita était la gardienne.
Et la libératrice.

Sita est morte, vive Sita, *éwa!* pour elle, pour tout, le tout jamais acquis, transmis, offert, partagé, à la lueur de sa douceur et de son existence tressée de peines profondes et de liesses claires, son existence simple et si riche, si pleine, habitée en offrande, digne, intarissable de bonté, jusqu'au bout, augmentée, précieuse.

> *Sita, je suis né à ta lumière*
> *J'ai grandi à ta lumière*
> *Je vivrai toujours à ta lumière*
> *En veillant sur la mienne*
> *Tu avais raison*
> *Seule la lumière*
> *Peut dissiper l'ombre*
> *Je sais*
> *Oui je sais maintenant*
> *Pourquoi*
> *Pourquoi je suis venu*
> *Au monde*
> *Pourquoi je suis revenu*

Au pays
Na som jita
De m'avoir attendu
Avant de partir
Na tondi wa *Sita*

Ce sont les derniers mots que j'ai prononcés pendant la cérémonie organisée pour Sita, au bord du fleuve.

Et puis nous avons dispersé les cendres de ma grand-mère.

La chorale du village chantait.

Imane, arrivée à Douala la veille avec sa sœur Leila, se tenait debout près de moi.

Sa présence me consolait.

J'étais heureux qu'elle soit là, qu'elle ne m'ait pas écouté.

Je lui avais dit que ce n'était pas la peine.

Pas la peine qu'elle vienne.

Au chevet de mon cœur.

En lambeaux.

« Il y a des choses qu'on ne peut voir qu'avec des yeux qui ont pleuré… »

Sita avait encore raison.

Je voyais Imane.

Au plus profond.

De moi-même.

Désormais.

Au plus profond.

De mon être.

Imane.

Belle amour.

Humaine.

Douala

Leila, venue passer quelques jours de vacances au Maroc, avait décidé d'accompagner sa jumelle qui pensait que sa place était avec moi, au Cameroun. J'avais eu beau dire, Imane ne s'était pas résignée à rester loin. De moi et de ma douleur.

Et elles avaient débarqué au *mboa*, sans me prévenir, avec la complicité d'Aladji et de Céline. Elles étaient restées quelques jours à Bonapriso, après Mongo, dans la maison de mon enfance.

Et un soir, sous le manguier.

« C'est ici, à cet endroit précis, que j'ai fait l'essentiel de mes humanités, bercé par la voix de ma grand-mère.

— Parle-moi d'elle, si tu en as envie.

— Il y a tant à dire…

— Je sais, justement… dis-moi… j'ai le temps. Ma sœur, Céline et Aladji ne seront pas rentrés avant un moment. Parle-moi, de toi enfant, de Sita, de ton pays, j'ai envie que tu me parles…

— Merci d'être là… Je suis heureux que… tu sois là.

— Je suis heureuse aussi, d'être là avec toi, et avec Leila, je voulais qu'elle te rencontre.

— Pourquoi ?

— Parce que toi, parce que moi, parce que nous peut-être…

123

— Je t'aime, Imane.

— ... »

Imane voulait que je lui parle.
C'est ce que j'ai fait ce soir-là.
Et toute la nuit.
Lui parler.
De moi, enfant.
De toutes mes peurs.
M'attacher.
Aimer.
Souffrir.
Voir mourir.
Les histoires ou les gens que j'aime.
Lui parler.
De tous mes rêves.
Partir.
Revenir.
Devenir.
Enfin être.
Le digne fils de ma mère.
Petit-fils de Sita.
Enfant de Mongo.
Ne plus jamais vivre inutile.
Lui parler.
C'est ce que j'ai fait.
Ce soir-là.
Et toute la nuit.
Dans un flot ininterrompu.
De parole intime.
Lui parler.
« Et parler, c'est d'abord écouter », disait Sita.
Écouter.
L'autre.
Nous parlions encore au matin levé.

Du Cameroun, *berceau de mes ancêtres,* qui aurait dû aller *debout et jaloux* de sa liberté. Le Cameroun dont le drapeau aurait pu *comme un soleil être symbole ardent de foi et d'unité*[1].

Je ne sais pas pourquoi j'ai chanté l'hymne national du pays à Imane, peut-être parce qu'il est part d'enfance et que l'enfance résonnait fort en moi, avec le départ de Sita. L'enfance résonnait. Fort.

Comme notre hymne.

Dans les stades et les écoles primaires du pays. Souvent.

Pendant le défilé du 20 mai. La fête de la Jeunesse. Toujours.

Les manifestations politiques, sportives, culturelles organisées au Cameroun et dans sa diaspora.

Aux quatre coins du monde.

Notre hymne résonne. Partout sauf en nous, Camerounais, du pays et d'ailleurs, qui devons faire face à un monstre que nous avons enfanté et nourri tous ensemble, de mots, gestes et pensées, d'humour imbécile et abject teinté de jalousie contre nous-mêmes, monstre qui finira peut-être par sonner le glas d'une nation fragile ; comme le sont toutes les nations quand elles occultent le sens commun. Et s'obstinent, aveuglément, à refuser d'accepter leur diversité.

Imane voulait que je lui parle de mon pays.

C'est ce que j'ai fait. Ce soir-là. Et toute la nuit. Les jours qui ont suivi aussi. Je lui ai parlé.

De mon pays, qui ne me quitte pas et m'accompagne partout, m'accompagne toujours, dans ma marche du monde.

Mon pays, que je regarde impuissant se déchirer.

En pensant à Um Nyobè, Moumié, Atangana, Douala Manga Bell. Tous morts.

---

1. *Ô Cameroun, berceau de nos ancêtres*, paroles de René Joseph Jam Afane, musique de Samuel Minkio Bamba, 1928.

Pour le Cameroun. Un et indivisible.

Dans l'idéal.

Je lui ai parlé.

Pour qu'elle sache et qu'elle comprenne.

Comme j'aime et j'ai mal à ce pays en moi pour toujours ourlant mon âme à feu hurlant mon enfance dans le ventre de ma terre. Mère.

Comme j'aime et j'ai mal à ce pays en moi, pour toujours.

Je lui ai parlé.

Lui ai confié.

Mes questionnements.

Sans réponses, mes interrogations.

Que faire pour inverser le cours de l'histoire qui court à notre perte ? Cette histoire sans tête, criblée de dettes de sang. Que faire ? Certains se le demandent encore.

D'autres ont abandonné. L'espoir de revoir un printemps.

Et toute illusion de sortir du marasme.

Haut les cœurs. Morts. Atrophiés. Nous sommes.

Une nation. Livrée à elle-même.

Et à ses démons intérieurs.

Et pendant ce temps-là, notre hymne résonne. Fort.

Pourtant nous ne l'entendons pas, nous ne l'entendons plus.

Peut-être même que nous ne l'avons jamais entendu d'ailleurs, jamais entendu vraiment.

Comme un soleil
Ton drapeau fier doit être
Un symbole ardent
De joie et d'unité

Le soleil s'est tu, il ne chante plus.

Et tous les symboles semblent avoir foutu le camp.

Avec la joie et l'unité.

Le torchon brûle. Entre nous. Camerounais. Sidérés. Le torchon brûle. Et notre drapeau n'est pas loin. De partir en fumée aussi. Avec ce qui nous reste. De fierté, d'intégrité, d'honnêteté intellectuelle, de liberté de pensée.

Le tonnerre gronde. En nous. Et partout autour de nous. Il pleut.

Des insultes sur les réseaux sociaux qui n'ont jamais été aussi peu sociables.

Il pleut.

Des maux, sans mots pour les soigner ; nous sommes un peuple malade, sans remède pour nous sauver. Nous relever. Ensemble !

Il pleut.

Des larmes sur les joues des enfants du pays, sans repères, perdus, sans père ni mère pour les élever. Vers eux-mêmes. Debout. Ensemble !!!

La haine veut faire main basse sur le Cameroun.

Et la haine appelle la haine. Toujours.

Notre hymne résonne. Fort.

> *Ô Cameroun berceau de nos ancêtres*
> *Va debout et jaloux de ta liberté*

Les ancêtres doivent se retourner dans leurs tombes, pour ne plus nous regarder aller ainsi, aussi mal, à genoux, si peu respectueux de nous-mêmes. Sans honneur ni grandeur.

Things fall apart ! Oui, ébranlé, le pays l'est.

Du nord au sud. De l'ouest à l'est.

Bousculé, le pays tout entier semble basculer.

Pris dans la folie dangereuse du tribalisme, nous allons au suicide collectif.

Comment lutter ?

Lutter contre nous-mêmes.

Lutter pour nous-m'aime.

Avons-nous d'autres choix d'ailleurs, que celui de lutter ?

Lutter pour faire advenir l'Homme enfin.

L'humain respectueux de lui-même.

Lutter pour briser nos chaînes mentales.

Lutter pour sortir de nos haines ancestrales.

Lutter pour rompre avec la fatalité, « Le Cameroun, c'est le Cameroun », « On va faire comment ? » et toutes ces phrases qui nous enferment, nous emprisonnent, nous déterminent.

Dans l'idée mortifère que rien ne peut changer et, pis, que nous ne pouvons rien faire ni défaire, ni individuellement ni collectivement.

Comment lutter ?

Pour en finir avec l'amertume, cette tristesse amère qui tue l'espoir en sursis, en détention provisoire depuis trente-six ans.

Comment lutter ?

Certains se le demandent encore.

D'autres ont abandonné, pourtant rien n'est perdu.

Nous sommes requis. Toutes et tous.

Au rendez-vous de la conquête.

De notre dignité de femmes et d'hommes.

À la rencontre de nous-m'aime.

Et de l'instant tant attendu.

De tendresse pour nous-mêmes.

Enfin.

Imane voulait que je lui parle.

Alors je lui ai parlé.

Et lui ai dit.

Comme j'aime et j'ai mal à ce pays en moi pour toujours ourlant mon âme à feu hurlant mon enfance dans le ventre de ma terre. Mère.

Je lui ai parlé.

Et lui ai tout dit.

Comme je l'aimais, aussi.

Et comme j'avais de moins en moins peur.

De m'attacher.

D'aimer.

De souffrir.

Depuis qu'elle était entrée.

Dans ma vie.

Et tenait.

Ma main.

Dans la sienne.

Depuis Oujda.

Ville-frontière.

De tous les possibles.

En nous.

Nous avons passé la semaine à faire découvrir Douala à Imane et Leila. Céline, Aladji et moi voulions que leur séjour soit parfait, qu'elles repartent du pays avec le sentiment d'avoir touché l'âme du *mboa,* rencontré les gens vrais.

Nous allions manger poissons braisés ou poulets DG tous les soirs à Bali, rue de la joie, écouter des groupes d'afrojazz *Chez Kiki,* assister à des vernissages d'artistes chez Tapie à Bonassama, *Somewhere… in Heaven.*

J'avais à cœur de montrer à Imane et à sa jumelle la créativité des habitants pour vivre, juste vivre.

En temps de détresse.

Désordre politique.

Et faillite institutionnelle, structurelle.

J'avais à cœur de leur montrer le Cameroun que j'aime, le Cameroun de celles et ceux qui ne se laissent pas faire par le système corrompu jusqu'à la moelle, celles et ceux qui résistent, en se préservant, en inventant, en fabriquant leurs propres utopies.

Nous traversions la ville en *taxi j'ai 100,* promenions nos solitudes ensemble dans les quartiers Deido et Akwa où j'avais passé une partie de mon adolescence à écumer les bars de nuit et à enquêter sur la nature humaine.

« Enquêter sur la nature humaine », l'image faisait sourire Imane et Leila, Céline et mon type aussi, qui trouvaient que je maîtrisais bien l'art d'exagérer les choses parfois.

Nous avons passé ces quelques jours ainsi, à rire aussi.

Ensemble.

Pour conjurer la mort.

Qui n'arrête pas.

La vie.

J'ai rencontré Imane.

Vraiment.

Dans sa relation fusionnelle.

Avec Leila.

Dans sa force et sa douceur.

Qui pouvaient me porter.

Me portaient.

Vers elle.

D'évidence en évidence.

Sublimes.

Dans son regard.

Vert émeraude.

Sur le monde.

Sur la vie.

Dans sa conviction.

Profonde.

Que l'humanité avait encore.

Des chances d'être sauvée.

Des vieilles ombres qui la fixent.
Depuis la genèse.
Sans trembler.
J'ai rencontré Imane.
Vraiment, à Douala où je suis né.
Et où je suis mort.
Avec ma mère, mon père, mon grand-père.
Avant de ressusciter.
Dans le chant de Sita, qui a fini par mourir.
Elle aussi.
Me laissant dans les bras d'Imane.
Femme poème.

Imane aimait les mangues de mon enfance.
Elle trouvait qu'elles avaient un goût de soleil.
Sita disait cela aussi.
En souriant.

Le bonheur est
Un instant fugace
D'éternité où rien ne mangue

Jeu de mots facile, offert à celle que j'aime.
Pour la faire sourire.
Encore.
Et.
Rire.
Rire de moi.
Rire de nous.
Nous rappeler.
Toujours à nos sourires.
Et nos rires.
Aux éclats.
De vivre.
Ensemble.

Imane et Leila

Filles d'un homme pieux, politiquement engagé, et d'une mère femme au foyer, Imane et Leila ont grandi dans une cité résidentielle de Casablanca, avant de déménager à Oujda.

Elles avaient alors dix-sept ans et des années déjà de révolte derrière elles, qu'elles exprimaient différemment.

Très vite, Imane avait tout rejeté du schéma familial, tandis que Leila, moins radicale que sa jumelle, avait opté pour une stratégie moins frontale. Il était hors de question pour l'une et l'autre de « finir » comme leur mère, en épouse dévouée, sacrifiée à la carrière et à la foi d'un homme. Elles voulaient être libres. L'une et l'autre. Et elles l'étaient. Affranchies, émancipées par leurs études – le droit pour la plus rebelle des deux, et le journalisme pour la seconde. Elles avaient gagné le droit d'être ce qu'elles voulaient. Leur père avait abandonné toute idée de les soumettre à une quelconque loi, religieuse ou patriarcale. Et leur mère soutenait leurs volontés. D'indépendance. Totale.

Imane avait collectionné les aventures, les histoires sans lendemain. Elle pensait ainsi rester seule maîtresse de son destin. Et cela lui convenait bien.

Leila avait eu une vie amoureuse moins tumultueuse et s'était fiancée à un garçon qu'elle aimait, Aziz, avant de s'envoler pour la France et l'école de journalisme de Lille.

Toutes deux étaient bénévoles dans des associations de leurs villes respectives. Et leurs vies trouvaient sens, aussi, dans l'attention portée aux autres, surtout celles et ceux dans le besoin. Celles et ceux qui n'avaient rien. Ou si peu. Celles et ceux qu'on rabaissait. En permanence. En dessous de tout.

Imane avait rencontré le père Antoine et était vite devenue son aide juridique, puis son aide à tout, son assistante.

Leila prenait le train deux week-ends par mois pour aller donner des cours de français à Calais, dans la Jungle, ainsi nommée par des gens qui ne pouvaient imaginer toute l'humanité de ce lieu derrière les images, sensationnelles, médiatiques.

Leila et Imane faisaient la fierté de leurs parents. Leurs deux parents. Et même leur père, conservateur, avait fini par leur vouer une admiration sincère, allant souvent jusqu'à dire en société à quel point ses filles lui ressemblaient et avaient hérité de son opiniâtreté et de son intelligence.

Chaque fois que cela arrivait, les deux sœurs regardaient leur mère le cœur serré.

Celle-ci ne disait mot, mais adressait un regard aux jumelles.

Un regard vert émeraude.

Lui aussi.

Un regard de connivence émouvante qui disait :

« C'est vous qui avez gagné, mes chéries.

Vous avez gagné pour vous.

Vous avez gagné pour moi.

Et la génération de femmes à laquelle j'appartiens.

Vous avez gagné pour nous.

Vous avez gagné pour toutes.

Vous avez gagné, mais ne vous relâchez pas.

Ne vous relâchez jamais.

Le combat continue.

Pour vous.

Pour nous.
Pour toutes.
Ici et ailleurs.
Vous gagnerez encore.
Et Dieu n'aura rien à voir.
Avec vos victoires. »

Imane et Leila, Leila et Imane, âmes inséparables.

Leila et son voile, porté par choix, défiant les extrêmes de tous les bords. Elle était libre, plus libre et indépendante que certaines qui la jugeaient soumise et ne comprenaient pas « qu'au XXIe siècle des femmes puissent encore se voiler ». En France où elle poursuivait ses études, elle avait découvert une laïcité politisée pouvant être parfois aussi intolérante que le dogme religieux qu'elle combattait depuis son plus jeune âge.

Leila était libre, comme Imane et différemment.

Elle était partie vivre loin de sa famille, s'affranchissant ainsi de son clan et d'une culture qui la fondaient, mais sans plus. Elle s'était fiancée contre l'avis de son père à un garçon sans le sou, Marocain noir de Fès, joueur de musique gnawa, Aziz, qu'elle aimait. Elle trouvait dans la religion une forme de paix intérieure, quelque chose qui lui faisait du bien, à elle, et qui n'engageait qu'elle, et elle seule. D'ailleurs, elle avait choisi de vivre sa foi comme un chemin de spiritualité vers elle-même, sans prosélytisme et sans gêne non plus ; jamais elle ne s'excuserait d'être musulmane, jamais elle ne se justifierait de cette affaire, personnelle, intime. Et les poètes soufis qu'elle lisait lui donnaient chaque jour le sentiment qu'elle était à l'endroit d'elle-même, à sa juste place.

Imane exerçait son droit à être au monde autrement.

Elle était restée au Maroc, convaincue que son combat pour faire changer les mentalités, bouger les lignes, passait par le sacrifice de sa personne. Il faut dire aussi qu'elle chérissait son pays, ses paysages de terre, de mer, d'amour et de feu, les parfums d'huiles essentielles de l'enfance à l'eau de rose et aux odeurs d'argan, de savon noir sur la peau, les bons plats de sa mère, la lumière et les couchers de soleil dans le Rif, inénarrables. Idéaliste, Imane avait décidé d'être avocate, contre l'injustice. Contre toutes les injustices. Commises dans son pays. Au nom de Dieu, au nom des pères, au nom des hommes, au nom du roi, au nom des traditions anciennes.

Leila pensait pourtant que si sa sœur ne voulait pas partir du Maroc, même si elle ne se l'avouerait jamais, c'était aussi pour pouvoir veiller sur elle, celle qui leur avait tout donné, la vie, l'amour, la force, la douceur, et leurs mirifiques yeux verts.

Les jumelles se connaissaient par cœur.

Et elles savaient.

L'une et l'autre.

Pourquoi.

L'une était partie.

Et l'autre restait.

Rue d'Acila.
Dans la maison.
La maison de père Antoine et des *fugees*.
Une lettre est arrivée.
Pour Imane, en voyage au Cameroun.
L'enveloppe est signée.
Yaguine et Fodé.
Les deux garçons sont encore au Maroc.
Le cachet de la poste fait foi.
Le prêtre ne sait pas s'il doit.
Ouvrir le courrier.
Ou attendre le retour de la jeune femme, destinataire
précise.
Il décide.
De la joindre.
Au téléphone.
Un soir de la semaine.
Demain.
Par exemple.
Il pense.
Qu'elle aimerait avoir.
Des nouvelles.
Des jeunes.
Savoir.
Comment ils vont.
Et où, exactement.

Ils sont.
Il essayera.
D'appeler.
Imane.
Demain.

Chère Imane, grande sœur,

Comment vas-tu ? Comment va la maison ? Et le père ?
Nous ne t'avons pas écrit jusqu'alors, car nous voulions
te donner des bonnes nouvelles seulement.
Nous avons réussi à arriver à Tanger, et enfin nous
sommes en passe de traverser.
La musique nous accompagne, elle rythme nos jours et
nuits fauves. Notre album se construit, patiemment.
Efficacement, comme dit Fodé. Tu serais fière si tu nous
écoutais. J'ai repris tous les morceaux que tu connais, et
les ai réarrangés à partir de la kora.
Nous avons fait quelques petits spectacles à Tanger, dans
la rue et dans un lieu mythique, le Café Hafa, *face à*
l'autre côté. Face à la mer aussi, que nous ne prendrons
pas, rassure-toi. Nous avons trouvé une autre solution,
un peu risquée, mais nous y arriverons.
Nous sommes presque au bout de nos peines, nous
espérons que cette fois sera la bonne. Nous pensons le
mériter.
Plus que ça même, nous le méritons.
Tu nous manques.
Vous nous manquez toutes et tous.
Et en même temps tu es là. Vous êtes là.
Avec nous.
Dans le cœur. Et dans la mémoire. La mémoire du cœur.

Nous avons fait la rencontre d'un rappeur français en résidence de création au Maroc, il a aimé notre énergie, il nous a promis que, si on arrivait là-bas, il pourrait nous aider à nous faire connaître, il trouve notre concept original, singulier, unique. Il s'appelle 187, c'est son nom de scène.

Le matricule des prisonniers aux États-Unis, ceux qui attendent leur exécution dans le couloir de la mort.

187, c'est étrange comme pseudo, tu ne trouves pas ?

Cela dit, le gars est plutôt sympa, on a bien accroché et il a un superflow, qui fait un peu penser à celui d'Abd al Malik que nous écoutions ensemble rue d'Acila. C'est pas moi, c'est les autres[1]. « Les autres »… Tu te souviens ?

Notre pari est un peu fou, je dois te le dire, mais tout ira dans le sens de la vie, la vie que nous choisissons d'entreprendre et de mener jusqu'au succès qui nous attend. Nous donnerons vite d'autres nouvelles, bonnes elles aussi. Les étoiles nous guident.

Ci-joint les textes de notre premier disque de rap mandingue, nous voulions que tu sois la première à les lire, grande sœur. Merci pour tout ce que tu es, pour tout ce que tu as fait pour nous.

Yaguine et Fodé,
Tes petits frères
« Nobles de cœur »
(C'est le titre du projet)

---

1. « Les Autres », *Gibraltar*, paroles et musique de Abd al Malik, Atmosphériques, 2006.

Père Antoine a appelé.

Et dit à Imane qu'un courrier était arrivé.

Pour elle.

Rue d'Acila.

Impatiente, elle n'a pu se résoudre à attendre.

Attendre de rentrer à Oujda pour savoir.

Savoir où se trouvaient les garçons.

Yaguine et Fodé.

Petits frères. Obligés de grandir. Trop vite.

Père Antoine a donc ouvert l'enveloppe.

Et dévoilé son contenu à Imane au téléphone.

De sa voix calme, posée.

Malgré l'inquiétude.

Perceptible.

Pourtant.

Une fois le combiné raccroché, Imane s'est tournée.

Vers moi.

Rassurée d'avoir des nouvelles.

Angoissée aussi.

Par ces mots.

Notre pari est un peu fou.

Quel pari ?

Comment comptaient-ils passer en Europe ?

Pourquoi étaient-ils repartis ?

Loin de l'arche d'Antoine, la maison du père ?

J'avais un début de réponse.

141

Dans mon vieux dictaphone gris.
Réponse offerte, par les deux jeunes.
Dans un grand éclat de rire complice.
« Parce qu'on n'est pas d'accord avec Charles.
La misère n'est pas moins pénible au soleil. »
Je n'ai rien dit à Imane.
Il n'y avait rien à dire.
Rien qu'elle ne savait.
Déjà.
Que Yaguine et Fodé.
Avaient des rêves.
Plus grands qu'eux.
Que leur plus grande peine était.
De ne pouvoir se réaliser chez eux.
Imane savait aussi.
Que je l'aimais.
Que j'étais là.
Que je serai là.
Toujours.
Pour elle.
Je n'ai rien dit.
Et l'ai juste prise.
Tendrement.
Dans mes bras.

Ibra a pris la relève.
Auprès de l'homme d'Église.
Bienveillant.
Il aide comme il peut.
Et même plus.
Il poursuit le travail amorcé.
Ensemble.
Il encourage au récit.
De soi.
Il accouche.
Les unes et les autres.
D'elles et d'eux.
Il a assisté à chaque session de la formation.
Saisi l'essence et le sens.
De la démarche.
Le rapport qu'il a à l'écriture et aux mots du poète qui
le guident lui confère pleine légitimité auprès des autres,
avec lesquels il partage depuis son arrivée toute la poésie
animant ses jours et ses nuits.
Ibra est un des plus jeunes du groupe, et pourtant.
Il a le respect de toutes et de tous.
Sa différence est une force, ici.
Sa différence plaît, surprend, inspire.
Ici.
Où il semble enfin avoir trouvé.
Une maison.

Une famille.
Des sœurs.
Des frères.
Et un père.
De cœur.
Ibra a rencontré la Folle.
Sa voix lui a été immédiatement familière.

Cette voix, entendue pour la première fois alors que le jeune homme rentrait à la maison avec des courses pour père Antoine. La Folle, assise au coin de la rue déserte ce soir-là, entonnait sa berceuse, sa berceuse pour l'enfant.

Ibra s'est arrêté net, manquant de tomber du vélo emprunté au Malien pour descendre en ville.

Il connaissait cette voix.
Ce grain.
Si particulier.
Si bleu.
Si.

Blues.

De l'âme.

Déchirée.

Sita nous a quittés, il y a maintenant un mois.

Leila et Imane sont rentrées au Maroc, leur mère se languissait d'elles.

Aladji envisage une exposition de ses photographies au *Somewhere*.

Céline et moi l'aidons.

Du mieux que nous pouvons.

Nous avons trouvé le titre ensemble.

D'un regard l'autre…

Nous en sommes fiers.

Tous les bénéfices iront à notre association, qui en fera don ensuite à père Antoine et aux *fugees*. C'est le souhait de mon type. Céline a naturellement approuvé.

En parallèle à l'expo du *bro*, nous avons ordre bienveillant de rester mobilisés et d'oublier un temps les mots « repos », « vacances », « congés » ou « week-end ».

Nous avons trois sommets prévus en trois mois.

Beyrouth.

Lesbos.

Paris.

Je suis toujours dubitatif quant à ces réunions d'intelligence collective et d'ego, de militants sincères et d'opportunistes politiques, mais ma présidente préférée compte sur moi. Alors j'irai. Avec elle. Et mon type.

Faire entendre notre voix.

Voix du Sud.

Souvent oubliée.
Ou inaudible.
Dans ces débats.
Sur nous, souvent.
Sans nous.
Et puis j'ai besoin.
D'être dans « le faire ».
Pour ne pas trop penser.
Au vide laissé par ma grand-mère.

Et puis Imane et père Antoine seront là, je ne sais comment Céline a réussi à les faire inviter au Liban, en Grèce et en France, pour témoigner de toutes les actions menées rue d'Acila.

Et puis j'ai envie.
De voyager.
Quitter Bonapriso, à nouveau.
Un temps.
Le temps du deuil, peut-être, même si au fond je sais.
Je sais que je ne ferai jamais.
Le deuil de Sita.
Comme je n'ai jamais pu faire.
Le deuil de ma mère.
De mon père.
Et de mon grand-père.
Je vis avec.
Chaque être cher.
Elles et Ils sont là.
En moi.
Elles et Ils resteront.
Jusqu'à mon dernier souffle de vie.
Mon dernier soir.
Sur cette Terre.
Et puis, j'ai repris mes carnets.
Et recommencé.
Recommencé à écrire.
Fleuve.

Pourquoi on part ?

En vrille, en vrac…

Parce qu'on veut refaire le monde à notre image redonner aux femmes et aux hommes humains visages ne plus connaître le courroux des dictatures qui nous prennent à la gorge nous prennent tout de la maternité à la morgue on part parce que nos pays n'existent pas pas vraiment nos pays sont des États fictifs des États de non-droit des États sur le papier mâché recraché des rêves d'indépendance partis en fumée on part parce que nous revendiquons soleil ! soleil ! soleil ! pour toutes pour tous pour nous aussi ivres de mers et d'ailleurs ivres d'amour et de vie on part parce que nous n'en pouvons plus de rester au bord de la fête morts-vivants heureux dans la débrouillardise mais se débrouiller n'est pas vivre alors on part parce que nous avons fait pacte avec la route marcher est un acte de courage sans aucun doute on part parce qu'on refuse de crever par inertie on part parce qu'on veut connaître le vertige du voyage sortir de l'abîme des abysses de la ronde des cauchemars qui grondent en nous on part parce que nous n'avons nul autre destin dans la peau que la liberté qui nous somme d'oser devenir ce que nous sommes en somme on part parce que l'espérance est un bien long chemin et une lutte de chaque instant on part parce que le ciel coule sous nos yeux parce que demain c'est loin demain c'est long à attendre long à atteindre si on ne se risque pas si on ne risque rien rien de bien rien de bon rien de meilleur ne survient on le sait on part parce qu'on en a marre de la galère marre de la misère marre de la guerre marre de tous les maux que s'infligent les hommes on part pour interpeller l'avenir modifier nos futurs on part parce qu'on se sent trop jeunes pour être rangés mangés par les ogres dérangés qui nous gouvernent trop jeunes pour die de rogne rongés de remords ou regrets de ne pas avoir essayé tout essayé tenté le tout pour le tout pour nous sauver du marasme et du désespoir qui gangrènent les cœurs atrophiés de celles et ceux qui n'osent pas leurs causes primordiales on part parce qu'on a nos raisons que la raison elle-même ignore parfois on part parce que nous avons le sentiment insupportable d'être toujours les mêmes fruits étranges pendus aux arbres et aux crocs de bouchers de l'histoire qui se répète ironique inlassable cynique on part parce qu'on a tellement mal de vivre mal de terre mal de dignité qu'on s'en fout d'avoir aussi mal de mer mal de mort mal au corps mal encore on part parce qu'on ne croit pas à l'émergence promise en 2050 ou plus tard par celles et ceux au pouvoir depuis des décennies d'immobilisme on part parce que rien n'a bougé rien ne bouge rien ne bougera tant que nos mauvais présis garderont mainmise sur « leurs » peuples qui courent après la démocratie et tombent sous les coups de matraques et kalachnikovs « leurs » peuples qui n'en peuvent plus de tomber toujours plus bas sous le talon des bottes de militaires aux ordres du désordre national mondial on part parce qu'on connaît le message le seul et unique message des balles qui nous sont destinées quand nous sortons dans la rue pour nous indigner et demander réclamer exiger leur départ le départ de la peur le départ de la honte le départ de ceux qui nous tuent et violent nos espoirs et nos rêves matin midi et soir on part parce qu'on suffoque on part parce que ça sent le soufre et la douleur au début et au bout du tunnel pour les souffre-douleur que nous sommes on part parce que cataplexie et asphyxie nous guettent à chaque seconde chaque minute nous guettent à tout moment on part parce qu'il n'y a jamais eu autant d'AVC chez nous les cœurs cassent en série on part parce que la dame en noir nous fauchera ici ou là c'est pareil nous le savons cloportes lucides nous ne nous en sortirons pas ou alors les pieds devant mais au moins nous les aurons usés nos pieds sur des kilomètres et des kilomètres carrés de terre ocre pour atteindre nos délires cueillir nos fleurs d'insomnie on part parce que le temps est en retard et nous ce que nous voulons c'est arriver à l'heure au rendez-vous de nous-mêmes ne plus voir nos solitudes à genoux mais debout enfin debout on part parce que c'est njinja c'est dur c'est caillou on part parce que le nguémé le ndèm ne nous laissent pas nous tiennent nous retiennent entre les murs nous maintiennent la head sous l'eau on part parce qu'on a beau crier on a beau cry personne ne nous entend personne ne nous écoute quand on parle on part parce que le bruit court qu'on peut être heureux ailleurs on part parce que le bonheur est devant nous voulons le croire malgré les images de toutes les télés qui nous montrent noyés repêchés mitraillés parqués dans des camps réfugiés traités comme des criminels expulsés gazés dénigrés accusés de malheurs plus grands que nous on part parce que rien ne change à part les saisons funèbres oraisons de larmes amères de tristesses et d'orages années blanches et sèches de douleurs et de rage on part parce que notre continent est en instance de divorce avec la vie on part parce qu'on veut recoudre nos jours loin des ravages et des dérives du système on part parce qu'au lointain le rivage une autre rive la paix possible en mirage peut-être un autre âge en adage on part pour attraper au passage du milieu un peu de ciel un peu de lumière un peu de douceur un peu de miel en lieu et place du fiel sur nos langues qui ont léché trop de plaies béantes grandes ouvertes on part pour tailler des flûtes de promesses pour nous-mêmes quelque part on part pour ouvrir des brèches braquer les consciences dire et redire oui à la vie à l'à-venir la vie à venir par le départ puis le retour à soi on part pour recoller les morceaux de nous-mêmes miroirs brisés dans l'immense mouroir du monde à refaire ensemble avant la fin la fin du monde on part parce qu'on a faim parce qu'on a soif on part en feujs en nègres en bougnoules en chintoks en blancos enfants bohèmes aux âmes nomades blessées déracinées *on part parce qu'on a la nostalgie d'heures meilleures peut-être ailleurs de lendemains qui chantent rappent slament déclament nos quêtes d'aurores et nos urgences de beauté dans la déchirure et le tremblement du monde on part parce que chaque seconde chaque minute compte et nous condamne encore un peu plus à l'enfer c'est les autres ou nous éloigne du trou noir géant en nous on part se jeter dans la gueule du loup qui dévore l'enfance paradis on part parce qu'on* believe *qu'on a le droit de* fly *loin du* faya *de nos* lives *moroses on part parce qu'on a le droit nous aussi de vouloir la vie en rose la vie ndolè qui dose on part parce que* things fall apart *on part parce que nos mauvais présis* chakala *nos* dreams *on part parce que* no way to grow up here no way to become someone here no way to live and die peacefully here *on part parce que trop d'angoisses trop de barreaux aux fenêtres trop de portes fermées trop de plafonds de verre trop de tribalisme trop de xénophobie trop de racisme trop de* bad luck *trop de gens qui tournent mal trop de* nonsense *trop de pression de dépression de dépréciation de nous-mêmes trop de hontes non bues trop d'humiliations trop de brimades trop d'injustices criardes trop de croisades contre la paix qui nous manque on part parce que ça tire partout ça tire sur nous ça tire autour ça tire en nous ça tire ça tire et ça nous retue de voir se faire descendre joie et innocence en plein jour dans nos rues et...*

Oujda, rue d'Acila

Ibra a réussi à approcher.
Approcher celle que tout le quartier appelle la Folle.
Elle ne s'est pas enfuie.
A continué à chanter.
Devant l'église.
Ibra est resté.
Près d'elle.
Un long moment.
Les yeux mouillés.
Silencieux.
Se laissant transpercer.
Par la voix habitée.
De l'errance elle-même.
L'errance.
Faite femme.
Dame solitude.
Généreuse.
Instant suspendu.
La berceuse ne s'est pas arrêtée.
La berceuse.
Pour l'enfant.
Ibra.

Mariama a été agressée hier.
La maison est en état de choc.
Les garçons hurlent leur colère.
Et leur envie de représailles.
La violence encore.
La violence toujours.
La violence du monde.
La jeune adolescente guinéenne était juste sortie.
Faire *la madelle* dans le centre-ville.
Elle en avait besoin.
Prendre l'air un peu, être seule.
En dehors de sa communauté nouvelle.
Communauté d'infortunes.
Elle voulait juste se retrouver.
Seule.
Un peu.
Marcher.
Sans but.
Flâner.
Insouciante.
Si tant est que l'on puisse l'être encore.
Après tout ce qu'elle avait vécu.
Tout ce qu'elle avait vaincu.
Et laissé derrière elle.
L'ombre.
De la mort.
Le viol.
La violence.
Encore la violence.
Toujours la violence.
La violence du monde.
La violence.
Raciste.
Misogyne.
La même.

Mariama est femme, noire, sans-papiers.
« *Kharloucha* c'est tout ce que tu mérites.
Sale négresse.
Tu n'es qu'une pute. »
Les insultes ont fusé.
Avant.
Pendant.
Après.
Les coups.
Les attouchements.
La tentative de pénétration.
Mariama a serré les dents.
Elle aussi.
Avant de mordre.
Mordre de toute sa rage.
Mordre jusqu'au sang.
La gorge de son ennemi.
Sans foi.
Ni loi.
Allongé sur elle.
Sans droit.
Il n'était pas si tard.
Et pourtant.
Personne dans la rue n'a bougé.
Pour défendre l'honneur.
D'une femme.
Noire.
Le Malien a décidé d'organiser une descente.
Il refuse de laisser passer *l'affaire*.
Quel qu'en soit le prix.
Certains des *fugees* pensent comme lui.
La violence gronde.
La violence encore.
La violence toujours.
La violence du monde.

En eux.

Autour d'eux.

La violence.

Sourde.

Et aveugle.

La violence qui ordonne.

La mise à mort.

De toute humanité.

Mariama et Esther, la Tata, s'emploient à raisonner le petit groupe décidé à répondre au feu par le feu.

Elles n'y arrivent pas.

Pas vraiment.

Pas totalement.

Il aurait fallu peut-être que père Antoine soit là.

Ou Imane.

Il aurait fallu sûrement, mais les deux sont partis.

Invités à un colloque.

Au Liban.

Mariama et Esther ont demandé.

D'attendre leur retour pour agir.

Demandé à chacun, à tous, de ne pas perdre.

Le sang-froid nécessaire à la survie.

En période hostile.

Ibra s'en est mêlé.

Il a cité le poète.

Comme un boxeur.

Parlant de paix.

Parlant d'amour.

Parlant de respect.

Il a tenté.

D'interposer les mots.

Entre la violence et les habitants de la maison.

La maison du père.

Et de ses enfants.

Exilés.

Ibra est allé jusqu'à supplier.
Le Malien et les autres.
De ne pas prendre les armes.
Ibra les a suppliés.
Au nom de Dieu, mais.
Dieu s'il existe.
N'a pas.
Dieu s'il existe.
N'a jamais eu.
Le moindre pouvoir.
Sur la violence.
Des hommes.

Beyrouth
De terre
De mer
De feu
Et de rêves brisés

Beyrouth
De guerre
De trêve
Et de dette
De sang versé

Beyrouth
De partage
De dattes
De lumière
Et d'humanité

Beyrouth
De communautés
De doxas et paradoxes
Noyée
Bombardée
Détruite
Ressuscitée
Mille fois

Beyrouth
Est
Une ville
Phénix
Nous sommes arrivés à Beyrouth.
Deux jours avant le colloque.
Pour prendre nos marques.
Dans la ville.
Décision de Céline.
Et ce que Céline veut…
Père Antoine et Imane seront là demain.
Je me réjouis de les revoir.
Ici, à Beyrouth.
Notre programme est dense, aller visiter plusieurs camps de réfugiés dans le pays, faire état des lieux, du désastre. Nous irons à Tripoli la deuxième ville du pays, Wadi Khaled dans le nord du Liban, Aarsal dans la plaine de la Bekaa.

J'ai pris la décision d'enregistrer certaines des rencontres que je ferai et de réaliser des portraits sonores, croisés, de *fugees* – le nom me reste depuis Oujda –, de militants associatifs, de membres de familles accueillantes. Je ne sais pas encore ce que je ferai de cette matière, mais je veux garder trace. De tout. Tout ce qui pourra me permettre de donner à entendre, comprendre, ressentir, l'urgence de la situation.

L'urgence, pour ces vies humaines mises à la rue du monde.

L'urgence, pour ces habitants de la frontière et de l'exil.

Je remplirai mon vieux dictaphone et mes carnets de vertiges.

Là est la mission que je m'assigne.

Depuis le départ de Sita.

Aladji photographiera les instants, captera la lumière.

Des visages d'enfants, de femmes et d'hommes.

La lumière et l'ombre des jours.

De bonheur ou d'orage.

Ici et là. Ensemble.

« La situation des réfugiés au Liban, syriens essentiellement, est complexe, comme partout… », a déploré le jeune Swaeli lors du retour en voiture à Beyrouth, après la visite du camp de Tripoli. Ancien réfugié soudanais, Swaeli travaille désormais pour la Croix-Rouge française, invitée elle aussi à participer au colloque et à témoigner des actions menées.

Je le trouve jeune.

Swaeli.

Si jeune.

Et pourtant.

Tant de maturité dans le propos et les yeux forcent le respect et l'admiration.

Aladji et moi avons pensé à la même chose.

En même temps.

Swaeli sera le premier visage.

Et la première voix.

De notre reportage à Beyrouth.

« Tu as été réfugié, pourquoi avoir fait le choix de revenir au contact de toute cette misère ? Tu as désormais des papiers, le droit de circuler en paix, et même de travailler dans ton pays d'accueil. Pourquoi rester aussi près, à travers ton emploi à la Croix-Rouge, de ce que tu as connu ?

— Je suis là pour aider à mon tour, comme on m'a aidé. J'ai perdu la foi, perdu mon pays, ma ville d'enfance, ma maison, ma famille, une partie de ma vie, j'ai tout perdu sauf ma fierté et la conviction profonde que je devais rendre un peu de ce que j'avais reçu. Les associations au secours des réfugiés m'ont accueilli, soigné, sauvé de la noyade, de la faim, de la soif, du Soudan en guerre, il m'a alors semblé parfaitement normal de faire ma part, en m'impliquant dans les actions, pour d'autres dans la galère comme je l'ai été.

— Tu agis donc par devoir envers l'humanité et altruisme ?

— Oh non, je ne crois plus en l'humanité, je crois en certains hommes et certaines femmes. J'agis par devoir envers moi-même et par égoïsme, j'agis d'abord pour moi. Tu sais, il n'y a qu'en étant sur le terrain, comme ici à Beyrouth ou ailleurs où notre association intervient, il n'y a que dans ce cadre, étrangement, que je retrouve un peu de paix intérieure, je ne saurais pas t'expliquer pourquoi, je n'arrive pas à me l'expliquer, mais je me refuse à vivre en dehors du monde, et ces gens qui me ressemblent en font partie...

— Raconte-moi ton parcours, si tu veux bien. Pourquoi es-tu parti ?

— C'est assez simple, et tragique, je suis parti pour ne pas mourir, mourir sous les balles des Janjawid, je suis parti à cause de la guerre du Darfour. Je me souviendrai toujours des exactions contre les populations non arabes, exactions encouragées par le gouvernement, pour écraser toute volonté. Je me souviendrai toujours des disparus dans les familles, des sit-in pacifiques dispersés par les gaz lacrymogènes et les tirs à balles réelles, des massacres, des corps jetés dans le Nil, de notre lutte non armée écrasée, tuée dans l'œuf, de l'âme du Soudan assassinée. Mon frère je suis parti pour ne pas mourir, c'est assez simple et tragique... C'est assez...

— ...

— Khartoum n'est jamais très loin dans mes souvenirs et mes pensées, tu quittes un pays, mais lui ne te quitte pas, il te revient en rêve ou en cauchemar, tu habites sa douleur et celle-ci habite en toi, tu culpabilises d'être en vie tandis que d'autres ont trépassé, copains, copines, cousins, cousines, frères, sœurs, oncles, tantes, pères, mères, camarades de résistance et de combat. Tu penses au chemin parcouru pour arriver à vivre ou plutôt revivre en sécurité, ne plus dormir que d'un œil, retrouver le sens de la vie qui semblait ne plus en avoir, tu replonges en enfance sans souffrance, âge d'or d'insouciance balayé par les monstres buveurs de sang mangeurs d'enfants, de femmes et d'hommes, tu entends les mitraillettes qui tonnent leurs pleins pouvoirs de mort, tu te couches à terre effrayé, foudroyé, te laisses envahir à nouveau par la terreur qui porte un visage qui ressemble au tien tellement, tu hurles parfois dans ta chambre de bonne, sans raison car tu es à l'abri maintenant, mais ton corps n'oublie pas, ton esprit n'oublie pas que tu reviens de loin, de l'enfer importé sur Terre par les milices assassines. Tu pleures ton pays, tu pleures ton village, défaits, tu pleures ta ville, tu pleures ta vie, déconstruites, tu pleures et tu meurs un peu, tu meurs à petit feu chaque jour de ne pas être mort une bonne fois, une bonne fois pour toutes, toutes les autres fois où la dame en noir est passée si près de ta tête, soleil décapité, ta tête portée sur pic si tu étais resté, si tu n'avais pas fui lâchement pour sauver ce qui reste de toi.

— ...

— Tu te répares comme tu peux, mais tu sais au fond de toi que rien ne pourra effacer de ta mémoire ce que tu as vécu et que tu ne pourras jamais laisser totalement derrière toi. Il y aura toujours quelque chose qui manque et te hante, ou quelqu'un, un être cher comme une mère, un premier et dernier amour aussi, Nadia, abandonnée au lendemain de l'insurrection, Nadia, aimée comme tu n'avais jamais aimé et n'aimeras plus jamais personne, Nadia, que tu aimes encore et aimeras toujours, Nadia,

161

que tu n'as pas su protéger, mais comment aurais-tu pu ? Tu n'étais qu'un gamin pris dans tout ce chaos... Nadia est la blessure qui te fonde, c'est pour elle que tu fais ce que tu fais aussi, elle est morte en aidant, morte d'avoir aidé autrui à se cacher des meurtriers, morte après avoir été défigurée à l'acide, tu n'as rien pu faire pour la sauver... Tu t'es enfui, et c'est ta tragédie personnelle dans la grande tragédie de ta terre en déroute, tu as fui et tu dois vivre avec ça, vivre et mourir, avec ça, et les seuls moments où tu retrouves un brin de paix sont ceux que tu passes sur le terrain, à aider comme Nadia aidait avant de le payer de la peau qui ne lui restait plus sur le visage après le passage des gardiens de la haine...

— ...

— Alors, tu vois, je n'agis pas par devoir envers l'humanité et altruisme, j'agis par devoir envers un ange du nom de Nadia, j'agis par égoïsme, j'agis pour racheter mon âme...

— ...

— Merci pour ton écoute, ta question, ton intérêt...
— Merci... merci à toi... tu n'étais pas obligé...
— Allah non plus... »

Et Swaeli avait souri.
M'avait souri.
Sourire est la seule preuve
De notre passage sur Terre[1].
Dit le poète.
Sourire nous garde.
Vivant.
Humain.
Profondément.

---

1. *Noireclaire*, Christian Bobin, Gallimard, Paris, 2015.

Vibrant.

Je crois que je le savais déjà.

Mais là, je le ressentais.

Comme jamais.

Je ne l'avais ressenti.

Auparavant.

Grâce à ce jeune homme, ému et émouvant.

Dont l'histoire venait se confondre avec celle de son pays.

Ce jeune homme.

Assis en face de moi.

Jeune homme grand.

Par sa résilience.

Et son courage.

Son courage, oui.

Quoi qu'il en dise.

Jeune homme.

Dont les mots étaient si justes.

« Tu quittes un pays mais lui ne te quitte pas
Tu habites sa douleur et celle-ci habite en toi. »

J'en sais quelque chose.

Cameroun *O mulema, ponda yèssè… ponda yèssè.*

Swaeli a ouvert la voix.

La voie à mon projet qui prend forme.

Documentaire sonore et visuel.

Réalisable avec la complicité de mon type.

Aladji, *bro.*

D'art et d'âme.

Imane et père Antoine arrivent demain.

Joie claire.

Je n'ai pas cessé de penser à Imane.

Depuis son départ de Douala avec sa jumelle.

Je n'ai pas cessé d'imaginer nos retrouvailles prochaines.

Dans un autre pays, une autre ville.

Je veux l'aimer.

Partout sur cette Terre, où nous irons.

Ensemble.

Je n'ai pas cessé de me dire qui elle était.

La femme de ma vie.

Je n'ai pas cessé de lui écrire.

Des lettres que je me suis interdit de lui envoyer.

Sauf une.

La période est sensible.

Je viens de perdre Sita.

Je déborde, je le sais.

Il me faut un peu de temps.

Pour faire le tri.

Dans mes sentiments.

Mes envies.

Ma vie.

Il me faut du temps.

Pour me ressembler parfaitement à nouveau.

Rassembler mes morceaux épars.

Débris d'être.

En deuil perpétuel.

Il me faut du temps, oui.

Là c'est ma raison qui parle.

Mon cœur me dicte autre chose.

Surtout ne pas attendre.

Ne plus rien attendre.

Vivre.

Comme si.

Demain n'existe pas.

Mon cœur me dicte.

Conduite.

Amoureuse.

Dans le chaos du monde.

Je fais le choix.

D'aimer.

Imane.

Libre.

Aimer Imane.

Et lui dire.

Sans détour.

Comme je l'aime.

Vivre.

Cet amour.

Au jour le jour.

Nous sommes.

Des enfants.

De l'instant.

Carpe diem.

Sita veille, et quelque part là-haut elle chante.

Pour nous.

Swaeli a pris la parole pendant le colloque à Beyrouth.

Au nom de la Croix-Rouge. Et en son nom propre.

Il a rappelé les chiffres qui font froid dans le dos. Et au-delà des statistiques qui ne disent qu'une part du réel, il a fait entendre un récit profondément humain, raconté des histoires de femmes, d'enfants et d'hommes rencontrés. Sur « le terrain ».

Il a partagé son expérience d'ancien réfugié, le quotidien dans les camps, la vie sous les tentes du HCR, la solidarité, la détresse et le désespoir qui collent aux semelles de vent, la violence envers soi et envers les autres parfois, la violence dont on ne sort pas, pas si facilement, et jamais totalement, l'espérance malgré tout qui perdure, lampe-tempête en nous, redresse la colonne et fait avancer encore vers la dernière frontière, l'amitié et l'amour, oui, l'amour et l'amitié, qui retiennent ici-bas. Les exilés se meurent mais survivent aussi, d'amour.

L'auditoire est resté coi. Personne n'a posé de questions après l'intervention du jeune homme. Il y a eu un silence. Bleu. Suivi d'une ovation. Debout. La salle entière. Emportée par tant de sincérité. Tremblante. C'était la première fois depuis que je fréquentais ces colloques que je ressentais cette communion. D'alter sans ego. Cela faisait sens.

D'être là. De participer à l'édifice du pont.

Entre nous. Humanistes.

Du Nord et du Sud. D'Éden, qui n'existe pas. N'existe nulle part. Nulle part totalement. Il y a toujours quelque chose, ou quelqu'un, qui manque... Céline et père Antoine aussi ont été à la tribune des nations réunies ici. Au pays du cèdre. L'une et l'autre ont évoqué respectivement les actions de l'association à Douala et le travail mené en partenariat, en faveur des pensionnaires de l'église Saint-Louis-d'Anjou, rue d'Acila, à Oujda. La présidente et le prêtre m'ont ensuite invité à présenter notre programme d'accompagnement par l'écriture, visant à permettre aux réfugiés, mineurs en priorité, de métamorphoser leurs souffrances, d'inventer un autre monde habitable, habitacle de rêves. Peut-être.

Nous avons fait entendre nos voix.

Mission remplie.

Et intérêt certain suscité.

Auprès d'ONG et autres structures impliquées.

Elles aussi sur le front.

Cela n'avait jamais autant fait sens.

Pour moi.

Pour nous.

D'être là.

De participer à l'édifice du pont.

Entre nous.

Humanistes.

Du Nord et du Sud.

D'Éden, qui...

166

Guilda, une enseignante militante rencontrée pendant le colloque, touchée par le discours de Swaeli et curieuse des « je » d'écriture amorcés à Oujda, nous a proposé une rencontre avec ses élèves, qu'elle souhaitait sensibiliser par tous les moyens nécessaires au monde dans lequel Elles et Ils vivaient.

Ravis, nous avons accepté cette invitation en marge de l'événement qui nous rassemblait à Beyrouth.

L'enseignante, chaleureusement, entreprit de nous faire visiter la ville. Imane, Céline, Aladji, notre nouvel ami et moi fûmes heureux de ce pas de côté. Nous ne nous attendions pas à ça.

Antoine

Bedous.
Il y a vingt ans.
Dans une maison de montagne.
Un père et son enfant.
Se parlent.
« Tu seras berger, mon fils, comme moi, et comme mon père et son père avant lui, comme tous les hommes de cette famille... »
Fin de la conversation.
Le fils avait trahi.
Le père.
La famille de bergers.
La mémoire des siens.
Trahie.
Pour Dieu.
Un autre père.
Une autre famille.
Plus grande.
Humaine.
Pensait-il.
Alors il était parti.
Vers d'autres contrées.
Vers lui-même.
Vers le monde.
Vers Dieu.
Parti.
Loin de la maison dans laquelle il était né.

Loin des animaux et de la bergerie prédestinés.

Il était parti.

Rendre grâce au Seigneur et porter secours aux Hommes.

Brebis qui s'ignorent, s'égarent aussi parfois.

Après de brillantes études au séminaire et un passage remarqué au presbytère de Pau, Antoine avait choisi.

L'exil.

Le garçon de la vallée, au regard fuyant et réservé, était devenu un homme du monde, plus précisément un homme dans le monde.

D'abord l'Asie du Sud-Est, ensuite l'Océanie.

Et puis l'Afrique.

Du Nord.

Le Maghreb.

Le Maroc.

Oujda.

Antoine était devenu un homme de foi et de combat.

Pour la justice, l'équité, les sans-rien, les sans-droits, les exclus de toutes les marges. La fange. Humaine.

Son regard ne fuyait plus, sa voix ne tremblait pas.

Il était. Incarnait sa conviction religieuse et ce qu'elle lui commandait, garder cœur et bras grands ouverts.

Aux damnés. Tous les damnés de la Terre.

Condamnés à la vindicte et aux jugements. Populaires.

À Yaguine qui l'avait questionné sur sa vie avant les ordres, Antoine avait raconté comment il était devenu prêtre.

Il lui avait dit aussi qu'il n'était plus jamais rentré dans sa vallée et qu'il en avait été affecté longtemps, avant de finir par accepter la situation et pardonner à son père. De ne pas avoir compris le sens de son choix. Plus important que tout. Pour lui. Le gamin, plein de malice et d'affection, avait alors eu ces mots qui avaient ému et fait sourire Antoine : « Votre père, l'éternel berger, est fier de vous, et l'autre aussi j'en suis sûr, de là-haut… » C'était ça aussi, la rue d'Acila, des êtres humains tentés. De battre des ailes. Ensemble.

Nous marchons dans la ville.
Et découvrons les stigmates.
Du Liban.
Nous recevons le décor.
En plein dans le cœur.
Certains quartiers de Beyrouth donnent la sensation,
étrange, d'être figurant dans un film.
De guerre.
Guilda nous montre la ligne.
La ligne qu'il ne fallait pas franchir.
Autrefois.
La ligne de démarcation.
La ligne insensée censée séparer les religions.
Et les hommes.
De foi.
Prêts à tuer.
Prêts à mourir.
Par choix obscur.
Se nourrir.
De haine et de rancœur.
Pour des siècles et des siècles.
Les hommes.
Prêts à tout.
Pour elles, les religions.
Tout perdre.
La vie.

La paix.
La vie en paix.
Pour elles.
Les mêmes religions.
Prônant l'amour.
Parfois.
En vain, car.
Les hommes sont ce qu'ils sont.
Prêts à tout.
Sauf à l'amour.
Nous marchons.
Dans la ville.
Des églises.
Des mosquées.
Tant de prières, qui se croisent.
Et se toisent.
Peut-être.
Se sont froissées.
Sûrement.
Là-haut, aussi.
Dans le ciel.
Pendant la guerre civile.
Quand les fidèles s'écharpaient à terre.
Imane m'a offert un livre acheté ici en centre-ville.
Dans une petite librairie très jolie, *El Bourj.*
Un recueil de poèmes, naturellement.
L'auteure s'appelle Nadia Tuéni.
Son écriture est fulgurante.
Engageante.
Comme toutes les écritures que j'aime.
Et comme Imane aussi, à laquelle j'écris.
Toujours.
En secret.
Mal gardé.
Elle sourit.

Entre mes lignes.

Je lui souris.

En miroir.

Et lui dis.

Ce qu'elle sait déjà.

Elle me répond.

« Je te tendresse pour toujours. »

Imane a du mal avec le fait de dire « je t'aime ».

Mais je la devine comme elle me devine, et je sais.

Ses sentiments.

Heureusement.

Pour nous.

Heureusement, pour moi.

Parce que je suis tombé.

Raide.

Dingue.

D'elle.

Un soir.

Rue d'Acila.

Les lumières d'Oujda.

Scintillent.

De mille feux de liesse.

Dans ses yeux verts, qui me fixent.

Souvent à m'en donner vertige.

Nous marchons dans la ville.

La nuit est tombée.

Et ce n'est pas à cause des drapeaux noirs.

Pas cette fois.

La nuit est juste tombée.

Amoureuse, elle aussi.

Et nous nous sommes enfouis.

En elle.

Après avoir chaleureusement remercié Guilda et son amie Raada pour la visite de la ville et de la mémoire du pays, leur pays, nous sommes rentrés à l'hôtel, préférant décliner l'invitation à dîner des organisateurs du colloque.

Imane et moi.
Avons envie.
Non, besoin.
De nous retrouver.
L'un en l'autre.
Cela fait trop longtemps que.
Nous ne nous sommes pas aimés.
Physiquement.
Nous nous sommes jetés dessus.
Littéralement.
Tendres et sauvages.
Nous sommes.
Nés à nous-mêmes.
Un soir.
Rue d'Acila.
Nous sommes.
Nés de la même larme.
Les lumières d'Oujda.
Ne s'éteindront jamais.
En nous.
Je le crois.
Profondément.
Je n'ai jamais cru.
Cru à rien aussi fort.
Rien en dehors.
De l'immortalité de Sita.
Qui n'est plus là.
Et me manque.
Un peu.
Beaucoup.
Trop.
Sita qui veille.

Encore.
Veille toujours.
Sur le fils unique.
De sa fille aînée.
Son petit-fils.
Préféré.
Comme elle disait en riant.
Imane m'a demandé.
Si je voulais bien.
Lui faire lire.
Quelques-unes de mes lettres.
Elle veut savoir ce que je fais.
Dans son dos.
Tout.
L'amour, surtout.
L'amour sens dessus.
Sens dessous.
Partout sur.
Son dos.
« Ton phallus est si doux. »
Imane et moi avions parlé de nous lâcher.
Un peu plus, au lit.
Manifestement, elle vient de le faire.
Fou rire.
Ensemble.
Cette fille est mon dernier amour.
Je le pense.
Sincèrement.
J'ai accepté.
De lui lire.
Un extrait.
De notre correspondance.
Amoureuse.
Enfin, correspondance si on veut, si on peut.
L'appeler ainsi.

Je lui écris des lettres que je ne lui envoie pas.

Imane ma chérie,
Je t'aimais avant toi, je veux dire avant de te rencontrer.
Je t'aimerais toujours, malgré moi, malgré toi aussi, si nous
venions un jour à nous éloigner.
Je t'aimerai hier, comme je t'aimais demain.
Cela étant, je ne te dirai plus je t'aime.
Je t'aimerai en peu de mots.
Je t'aimerai, sans mots même.
Je t'aimerai, en actes surtout.
Sur tout le corps.
Je...

Elle m'a embrassé.
Juste pour faire diversion.
Et me « couper la parole ».
Plaisante-t-elle, émue.
Je lui ai rendu son baiser.
Fougueux.
C'est le feu.
Entre nous.
Avons refait l'amour.
Encore.

Le lendemain dans le taxi.
Des flashs me traversent.
De la nuit d'hier.
J'ai un peu de mal à me concentrer sur les explications du guide de l'organisation, bien décidé à nous montrer Beyrouth découverte la veille avec Guilda et Raada, professeures d'espérances. Elles aussi. Il en faut. Dans un pays comme celui-ci. Dans tous les pays qui ont connu la fin du monde. Ou quelque chose qui pourrait y ressembler.

J'ai oublié de poser la question hier, oublié de demander comment des habitants de cette ville, qui en sont quand même venus à s'entre-tuer, étaient parvenus à se deviner chrétiens ou musulmans, eux que rien ne différencie a priori. Ne distingue physiquement. Je garderai mon interrogation pour moi, en méditant ces mots, terribles de lucidité, de Yaguine et Fodé, dans un de leurs derniers textes de rap envoyés à Imane :

Ma sœur, mon frère, mon cœur
Les hommes détestent les hommes
Quand ils n'ont pas de raisons
Ils en cherchent et à force
De réflexion et d'autopersuasion
Ils finissent par trouver
Ils finissent
Par trouver
La douleur
Et la mort
La douleur
Et la mort
De l'humanité

Accrochée à la portière du taxi rouge, la main de Yaguine cogne et bat le tempo du morceau qu'il compose à demi-mot.

Fodé, assis à l'arrière, rêvasse comme à son habitude.

Tanger s'éveille.

Les deux adolescents ont rappé la veille.

Au *Café Hafa*.

Face à l'autre côté.

Illuminé.

Par un coucher de soleil.

Leur cachet a été correct.

Pour la première fois.

Les garçons commencent à se faire une jolie réputation dans la place tangéroise. Les demandes de concert affluent.

De tout le Maroc branché cultures urbaines.

Le discours des Nobles de cœur touche.

Les âmes.

Mouche les esprits.

Frappe les consciences.

Des jeunes auxquels ils s'adressent.

En priorité.

Leur musique oscille entre traditions et modernité, enjaille les publics du coin par son rythme, enlevé, frénétique, mystique.

Leur musique fédère aussi, fait réfléchir à la vie, à la condition humaine, à leur génération sacrifiée.

Le rap.
De Yaguine et Fodé.
N'est pas petit.
Il est grand.
Par son universalité, il dit.
Toutes les jeunesses du monde.

Pourquoi on part ?

Parce qu'on a tellement cramé
Au soleil de la misère
Qu'on a peur de caner
Si on reste proie docile à l'amer
Alors on part
On traverse la vallée des ombres de la mort
On prend la porte du désert ou la mer
On prend toutes les routes vers l'amour
De nous-mêmes vivants
On part
Parce que
Nos vies ici
Ne valent rien
Rien qui vaille
Rien qui vaille
La peine
De ne pas mourir
En essayant
De partir
Partir
Là-bas
Eldorado qui chante
Faux
On le sait

Mais on part quand même
Parce que
Tout espoir s'est tu
Ici
On ne chante même plus
On déchante seulement

Pourquoi on part ?

Parce que la chance sourit à l'audace

La mort aussi remarque

Et alors ?

Ceux qui n'ont pas peur du vide ne tombent pas[1], rappe Keny, découverte sur YouTube et depuis écoutée en boucle par Yaguine et Fodé, qui sourient en imaginant un *feat* avec elle.

Un jour. Là-bas, quand ils auront traversé.
Rêver, c'est déjà être libre.
Dit le poète.
Yaguine et Fodé.
Portent des semelles de vent.
Depuis leur premier jour.
Sur la route.
Du reste de leur vie.
Ils sont libres.
D'aller.
Où ?
Seuls les mots le savent.

---

1. « Tout tourne autour du soleil », *Tout tourne autour du soleil*, paroles et musique de Keny Arkana, Because Music, 2012.

Leurs mots.
Libres aussi.
Comme l'art.
Leur art.
Respiration à deux voix.
Et quatre mains.
Quatre mois au Maroc.
Quatre mois seulement.
Et déjà tellement.
De quatrains et couplets de lumière.
Ensemble.
La vie parfois est un flot.
De rimes heureuses.
De s'être croisées.

Pourquoi on part ?

Parce qu'on a décidé

De prendre quand même

Notre « aucune chance »

Fin du colloque au Liban.
C'est le temps du retour.
Au Cameroun.
Pour Aladji, Céline et moi.
Au Maroc.
Pour Imane et père Antoine.
En France.
Pour Swaeli.
Le temps des adieux à certains, au revoir à d'autres.
Le pont se construit.
Du côté de chaque rive.
Des rêves.
Communs.
Solidaires.
On a conclu de bien belle manière.
Une militante dans la salle a eu les mots justes.
De la fin.
Ce matin.
« L'utopie est ce qui n'existe pas... encore. »
Il y a des phrases comme ça, simples, étincelles éternelles.
Des phrases qui font.
Du bien.
Et donnent.
Lumière.
Et force.

Pour continuer.

La marche du monde.

Continuer la marche.

Du monde.

Même quand.

Rien ne marche.

Nous sommes à l'aéroport de Beyrouth.

Imane, Céline, Aladji, père Antoine, Swaeli et moi.

Nous attendons nos vols respectifs.

Et débriefons.

Ensemble.

Alerte sur mon téléphone.

Open Arms.

Un navire.

Coincé en mer.

Interdit d'accoster.

Interdits.

Nous aussi.

Un navire humanitaire.

Avec, à son bord, cent quarante-sept réfugiés.

Au large des côtes de Lampedusa.

Open Arms.

Les États européens se renvoient la politesse.

Aucun ne veut.

Ouvrir les bras à cet équipage de misère.

Cent quarante-sept réfugiés.

Pour le dire autrement, cent quarante-sept êtres humains.

Femmes, hommes et enfants.

Ce n'est pas la première fois, mais.

Je n'arrive pas à m'y habituer.

M'habituer au manque de solidarité et au cynisme des États.

Du côté de chaque rive.

Où nous tentons.

Comme nous pouvons.

De construire un pont.
De rêves communs.
J'ai montré l'alerte à Imane.
Elle l'avait reçue aussi.
Nous ne commentons pas.
Ce n'est pas le moment.
Pas là.
Pas tout de suite.
Il faut nous dire au revoir.
Nous dire.
« Je t'aime.
Je te tendresse.
Pour la vie. »
Nous dire.
Comme nous allons.
Nous manquer.
Et comme ce sera bon.
De nous retrouver.
Dans un peu moins d'un mois.
En Grèce.
Autre pays.
Autre sommet.
Pour les mêmes causes, qui produisent partout.
Les mêmes effets.
Nous culpabilisons.
Un peu.
De nous aimer.
En temps de.
Détresse.
Mais nous ne pouvons pas.
Ne pas.
Nous aimer.
C'est plus fort.
Et plus tendre.
Que nous.

Et puis nous pensons à Swaeli et à son histoire.

Son histoire avec Nadia la sainte.

Nous savons que nous n'avons pas le droit. De passer à côté. De nous. Même en temps de détresse. Surtout en temps de détresse. Nous sommes requis entièrement, à notre tâche quotidienne, notre engagement, mais nous le sommes aussi à nos sentiments qui grandissent. Nous ? Oui, nous, car il y a un nous. Possible. Définitivement. L'avion à destination du Maroc va décoller. *Boarding closed in a few minutes. A few minutes* encore, c'est tout ce dont j'ai besoin. Pour glisser une lettre discrètement dans le sac qu'Imane me confie le temps d'aller aux toilettes.

Une lettre, ou plutôt un petit paquet de lettres.

Lettres à Imane.

« La haine appelle la haine. »
Rugit le Malien depuis une heure.
« Nous ne tendrons plus l'autre joue.
Pour qui nous prennent-ils à la fin ?
Ils veulent la guerre, ils auront la guerre. »
Son visage n'est pas le même.
Personne ne l'a jamais vu dans cet état.
Il semble en transe.
Une partie des habitants de la maison se range.
Du côté de la vengeance.
En réponse à l'agression dont a été victime Mariama.
Les autres tentent encore d'empêcher le désastre.
Ibra a essayé.
Tout essayé.
Expliqué à ses amis dans quelle impasse les conduirait
tout acte d'orage irréfléchi.
La poésie n'a pas suffi.
Les mots sont tus parfois, tués.
Les poètes aussi d'ailleurs.
Par la violence.
La violence.
Des hommes.
Qui revient.
Toujours.
Ibra a essayé.
Tout essayé.

Joindre au téléphone Imane et père Antoine.

En vain.

La maison de Dieu brûle.

De colère noire.

Et de rage, juste.

Le Malien est parti en chasse.

Quelques-uns des *fugees* l'ont suivi.

Avec de quoi se défendre.

Ou attaquer.

Ils ne savent pas trop, aviseront.

Sur le champ de bataille.

Ils n'ont pas déclaré la guerre, mais riposteront.

Parce qu'il le faut.

« C'est une question d'honneur », comme dit le Malien.

La majorité des garçons de la maison.

Ne veut plus.

Ni courber l'échine.

Ni raser les murs.

Et tout accepter.

Les moqueries.

Les insultes.

Les brimades.

Ils rendront désormais.

Coups pour coups.

Prendront.

Œil pour œil.

Dent pour dent.

Vie pour vie.

Kharlouch ces jeunes gens sont.

Kharlouch ils resteront.

Kharlouch ils exigent un minimum de respect.

Pour ce qu'ils sont.

Des humains, comme les autres humains.

Tous les autres.

Les autres.

L'enfer c'est.

Pourquoi on part ?

Parce que

Quand on n'a pas de vie

On s'en fout la mort

Human, Right ?

Pourquoi on part ?

Parce que le présent

Est d'argile

Carpe diem

Tanger

Yaguine et Fodé ont lié amitié avec Youssef, un jeune Camerounais. Il est leur guide dans la cité qu'il connaît comme sa poche. Les deux garçons admirent l'énergie de Youssef, qui fait partie des *fugees* comme eux, mais tellement impliqué dans la ville que plus personne ne semble le considérer comme un étrange étranger.

Youssef est à l'initiative des maraudes pour les réfugiés de Tanger. Pendant le ramadan, il y a deux ans, il a lancé cette action contre la faim, qui depuis perdure et s'étend sur toute l'année. Seul au départ, rejoint depuis par quelques autres bénévoles, Youssef prépare des sandwiches pour ses sœurs et frères, comme il dit. Il a toujours une parole réconfortante à la bouche. Et il fait plus qu'il ne parle.

La rencontre avec le duo de rappeurs a eu lieu devant le *Gran Theatro Cervantès* un jour où ils étaient de sortie, traînant leurs guêtres dans le centre. Fodé aimait s'arrêter devant l'édifice inauguré en 1913. Il le trouvait magnifique. Et s'y voyait, sur scène avec son complice et ami frère devant un public de mille quatre cents personnes conquises par leur rap mandingue. *Nous sommes ce que nous rêvons*, dit le poète. Certains vont même jusqu'à être. Leurs propres rêves. Un « salut les gars ! », quelques mots et sourires échangés plus tard et les présentations étaient faites. Youssef était quelqu'un de simple et direct, « soit il te sentait, soit il ne te sentait pas ». Et il avait senti Yaguine

193

et Fodé, tout de suite pris sous son aile. C'est grâce à lui qu'ils avaient pu se produire au *Café Hafa,* à la *Galerie Delacroix*, à *Dar Gnawa* et sur la place du 9-Avril-1947 à l'occasion d'un festival populaire. Il les sortait aussi souvent dans ce qu'il appelait le « Tanger littéraire de nuit » : la route tangéroise de la Beat Generation, l'*Hôtel Rembrandt*, la *Villa Muniria* et ses effluves de coke et d'héroïne, antre dans lequel Burroughs écrivit sous influence *Le Festin nu*, roman dynamite, plongée surréaliste dans la folie de la drogue...

« Comment tu connais tout ça, Youssef ?

— Tout quoi ?

— Toutes ces histoires, l'histoire de ces lieux, des écrivains américains qui y ont vécu ? Tu les as lus ?

— Non. *(Rires.)* Je n'ai pas le temps de lire, mon frère, je suis trop occupé, c'est pour ça que j'aime ce que vous faites. Quand j'écoute votre rap, vos textes, j'ai l'impression de rattraper un peu mon retard culturel. *(Rires.)*

— Mais alors, comment tu connais Ginsberg, Burroughs, Kerouac dont tu parles aussi passionnément pendant nos virées nocturnes ?

— Les gars, quand je suis arrivé ici, je ne connaissais personne, il fallait trouver un biz à faire, question de survie, gagner quelques *dos*. Je me suis renseigné sur la ville et j'ai appris que des gens célèbres étaient venus ici, le monde entier est passé dans la ville du détroit, vous vous rendez compte ? Nous sommes des privilégiés. *(Rires.)* Je me suis improvisé guide pour touristes francophones et anglophones, au début je baratinais, mais, question d'éthique, je me suis documenté vraiment, et je me suis fait une place de guide au soleil de Tanger. *(Rires.)*

— Tu es impressionnant, gars.

— Non, je ne fais que débrouiller ma vie, et c'est la vie elle-même qui m'a tout enseigné...

— C'est ce que je dis, tu es impressionnant. *(Rires.)*

— *(Rires.)*

— Vraiment, gars, respect, pour ce que tu es, un modèle...

— Modèle de quoi, dis donc ! Allons *tchop*, je vous invite chez Momo, dans le Petit Socco, ensuite on ira rue des *kwas*, j'ai un *jezz* à gérer dans la médina vite fait.

— Avec plaisir, merci, grand, merci pour tout.

— Aka, laissez-moi ça, vous me remercierez quand vous serez disque d'or, j'attendrai ma part. *(Rires.)*

— Tu l'auras, grand, en attendant tu as notre reconnaissance éternelle. *(Rires.)*

— Cela me va, cela m'ira toujours, allons *tchop*... »

Youssef était devenu « l'agent » de Yaguine et Fodé, leur promoteur et protecteur dans la ville.

Ils maraudaient ensemble, et certains soirs ils allaient, toujours ensemble, au *Café Hafa*. Boire un thé. *Chiller.*

Se poser. Face à l'autre côté.

Se mêler aux gens. Privilégiés. Qui n'ont pas le moindre problème pour voyager, pour vivre où et comme Elles et Ils veulent.

Où et comme. Elles et Ils veulent. Gens qui ont le droit de changer de ciel au gré de leurs désirs, au grain de leurs folies. Gens auxquels on ne refuse jamais de visas, d'ailleurs on ne leur en demande même pas. Elles et Ils sirotent des mojitos et des gin-fizz, des cocktails maison en parlant de leurs vacances à l'autre bout de la Terre, de leurs séjours dans le monde qui semble leur appartenir et qui jamais, ou presque, ne leur est hostile. Elles et Ils semblent parfois inconscients de leurs privilèges. Elles et Ils.

Ne sont pas comme Yaguine et Fodé. Et Youssef.

Pourtant du même monde. Elles et Ils.

Ne font même pas attention à l'horizon. En face. L'autre côté.

La côte espagnole. L'Europe. Eldorado qui chante. Faux.
Et alors ?
Sur le détroit de Gibraltar.
Il y a des jeunes Noirs et d'autres.
Qui attendent.
Qui ?
Quoi ?
Nul ne sait.
Pas même Elles et Ils, parfois.
Elles et Ils.
Attendent.
Peut-être.
Sûrement.
La bonne heure.
Pas n'importe laquelle.
La leur.
Bleue.
Le miracle.
Sans leurre.
De leur vie.
La chance.
De vivre.
Vivre.
Juste.
Juste.
Vivre.
Enfin.
Un peu.
En paix.
Et cela.
Semble.
Trop.
Demander.

Pourquoi on part ?

Parce qu'on est enfants

Du vent

Filles et fils

Du soleil devant

Nous sommes de retour.
Au *mboa.*
Céline, Aladji et moi.
L'avion vient d'atterrir.
Aéroport de Douala.
Frénésie dans le hall.
« Chef, tu veux un porteur ?
— Non, merci.
— Grand, laisse-nous quand même quelques euros, non ?
— Mon frère, je n'ai pas d'euros, je suis comme toi,
je vis ici. »
Je vis ici.
La phrase résonne.
En moi.
Fort.
Je vis ici désormais.
Je revis.
Ici.
Où je suis né.
Et je fais quelque chose de ma vie.
Ici.
Je peux.
Partir.
De ce pays.
Revenir.
À ce pays.

Oser.

Devenir.

Qui je suis.

Depuis ce pays.

Mien.

Ourlant mon âme de toujours, hurlant ce pays…

Ce matin, je suis allé au bord du fleuve.

Pour parler à Sita.

Le vent souffle sur mon visage.

Sa brise humide.

Je trouve le Wouri particulièrement majestueux.

Dans la brume du jour qui se lève.

Au sud de mon cœur.

Sita, tu me manques.

Ce matin, comme tous les matins.

Depuis que tu n'es plus, que tu n'es plus physiquement, je veux dire, avec moi, avec nous.

Depuis que tu es partie.

Rejoindre Maman, Papa, Grand-pa.

Nos êtres chers.

Tu me manques.

Je rentre du Liban.

Et je suis heureux d'être amoureux.

D'une intelligente et jolie jeune femme, Imane, que j'aurais tant voulu te présenter. Je suis certain que tu te serais entendue avec elle. Elle a le cœur sur la main. Comme Maman. Et comme toi. Elle est libre aussi. Très libre et indépendante. Comme Maman et comme toi. Je crois que je l'aime aussi pour ces raisons. Sa liberté. Et son indépendance. Reines.

Je ne sais pas trop où nous allons ensemble. Je l'aime, elle m'aime, et cela suffit à aller. Jusqu'au prochain sourire. Ensemble.

Sita, nou mouna e mba mouto. E mba o mulema ponda
yèssè… ponda yèssè… Ndolam nou *Sita*, ndolam nou…
Imane est mon amour, Sita.
Mon amour, dernier.

Il est tôt.
Sita ne me répond pas.
Elle dort peut-être encore.
C'est ce que je me dis.
Les yeux rivés.
Sur les souvenirs qui m'assaillent.
Sita ne peut me répondre, mais je sais qu'elle m'entend.
Elle a toujours veillé.
Sur moi.
Et elle me l'a dit.
Et maintes fois, redit.
« La mort.
N'arrête pas.
La vie. »
Cependant Bonapriso a changé.
Tout le quartier la regrette.
La rue Njoh-Njoh.
Notre rue.
N'est plus la même.
Sans elle.
Aux commandes.
De tout.
Depuis sa véranda.
A mouna !
Sa voix.
Son rire.
Son chant général.
Me manquent.
Il n'y a plus de jazz.
Sous le manguier.

201

Aladji est passé à la maison, pour me montrer les photos de Beyrouth. Nous n'avions pas eu ou pris le temps de regarder ses clichés avant notre retour au pays. Portraits et paysages sont sublimes. Chaque prise dit quelque chose. De ce que nous avons vécu. Ensemble. J'ai l'impression que son appareil est devenu prolongement de son âme. Je lui fais part de ma réflexion. Il hoche la tête et me répond.

« Je suis traversé, juste traversé. Je ne réfléchis plus à la photo, au cadre, à la lumière, je focus sur les âmes en face de moi, offertes…

— Ça se sent, *bro*, ça se voit, ton œil est nu et exprime ta propre émotion, tes photos font sens comme jamais.

— C'est grâce à toi, à Céline, et toutes les rencontres des derniers mois, mon travail n'en est plus un, mon appareil photo est devenu une arme.

— Une arme, oui, une arme miraculeuse, une arme de paix.

— Oui, c'est ça, j'aime bien l'image, une arme miraculeuse. *(Rires.)*

— Alors remercie ce cher Aimé, l'image est de lui. *(Rires.)*

— Aimé ?

— Oui Aimé… Césaire…

— Avé Césaire… ceux qui reviennent de Beyrouth te saluent.

— Oui, nous te saluons Grand-papa Césaire… Depuis Douala où nous te lisons et te relisons sans cesse, avec toujours la même soif, la même faim, pour grandir encore, grandir toujours en humanité.

— Amen… *(Rires.)*

— Tu veux une bière, *bro* ? »

Dans le vol du retour au Maroc

Père Antoine dort.
Il ne supporte pas l'avion.
Et s'assomme parfois de médicaments avant le décollage.
Imane a trouvé le paquet de lettres glissé dans son sac.
Elle sourit.
Et ouvre la première qui lui tombe sous la main.
C'est la dernière écrite, un peu avant le départ du Liban.
La veille.
Pendant son sommeil.

Beyrouth, il est sept heures, tu dors encore,
après l'amour…

Tous les matins du monde ont le même visage.
Le même rythme frénétique, le même tempo, de cœurs
frémissants qui battent, effrénés, dans le jour naissant.
Cœurs d'enfants, de femmes et d'hommes, sur le chemin
de l'école, du travail, de chimères sociales.
Cœurs qui marchent, roulent, rament, crament à la
même cadence, pour débrouiller la vie, chercher l'essence,
le sens de celle-ci, chercher les « dos », chercher l'or ou
l'art de vivre à sa bonne heure. Déverrouiller les portes
closes.
Faire bouger les lignes de l'existence.
Tous les matins du monde ont le même visage.
De Beyrouth à Douala, en passant par Oujda, des
parents du grand village planète Terre, envoient filles
et fils à la recherche du temps perdu, fabrique du futur
qui se gagne, selon certains, à la sueur du front, s'in-
vente, selon d'autres à chaque instant de face-à-face, en
phrase avec soi-même.
En phase.
Tous les.
Matins.
Je vivrai bien avec toi, un jour, rue du monde.

Dans une grande maison bleue, abritant chambre avec vue.

Sur l'amour. Et l'horizon de ton corps.

Toujours à portée de mes mots qui tremblent et de mes mains en fleur.

Je vivrai bien avec toi, un jour, rue du monde.

Et tous mes matins, qui ne se ressemblaient pas, se rassembleront avec toi. En toi.

À la lisière de l'aube, musicienne nostalgique.

Du silence mal éteint de la nuit.

Tous les matins du monde ont le même visage.

Le tien.

Le mien.

Le nôtre.

Visages pour être aimés, qui pleurent ou sourient, à la lumière de la lampe-tempête en nous, espérance sublime, qui délie les langues et lie pour la vie les âmes qui sèment.

L'envie de vivre, encore.

La poésie, éternel recours.

La tendresse, au secours.

Des cœurs.

P.-S. : Nous nous sommes aimés toute la nuit et pourtant j'ai dans le corps encore une envie urgente ardente de toi.

Ton poète sans papiers

Imane ne peut.
S'arrêter.
De sourire.
De tout son être.
Ses yeux verts.
Laissent couler.
Une larme ou deux.
De ce bonheur qui remplit.
L'âme, l'esprit, le cœur et le corps.
Quand on se sent aimée.
Et quand on aime aussi.
Véritablement.
Profondément.
Définitivement.
Quoi qu'il arrive.
Entre vous et l'autre.
Aimé.
Imane se dit qu'elle a de la chance.
De lire cette lettre dans l'avion.
Et pas en face à phase.
Avec son amour.
Sinon elle n'aurait pas pu.
Retenir le « je t'aime ».
Qui lui brûle les lèvres depuis quelque temps.
Elle est libre, indépendante.
Et fière, Imane.

Le Malien et les siens sont tombés dans un guet-apens.
Et les choses ont mal tourné. Il y a des blessés graves.
Et deux morts. Un de chaque côté. De la haine. Vie
pour vie. Ils avaient prévenu. S'attendaient à ce que la
situation dégénère. Pas à ce point, mais ils connaissaient
les risques encourus. Et étaient prêts à les prendre.

Pour l'honneur. Leur honneur à toutes et tous.

Nègres n'en pouvant plus de subir.

Tout subir sans broncher jamais.

Tout subir.

Parce que.

Nègres.

« La dignité ou la mort. »

Ce sont les derniers mots du Malien.

Avant le coup de poignard fatal.

Du jeune homme ayant juré sur le Coran.

Qu'il ferait la peau s'il le pouvait, à tous ces *sales khel*
traînant dans les rues du Maroc.

Le Coran.

Livre saint.

Sur lequel jurait aussi Abdoulaye.

Alias le Malien.

Qui vit par les armes.

Périra par les armes.

La religion est-elle une arme ?

Oui, parfois.

Une arme de destruction.

Massive.

Abdoulaye est mort à Oujda.

Son parcours s'est arrêté.

Comme il avait commencé.

Dans la violence.

La violence.

Des hommes.

La police a ensuite débarqué rue d'Acila.

Pour coffrer tout le monde.

Intimidés par les flics, les habitants du quartier, acquis à la cause des *fugees*, n'ont rien pu faire.

Après leur départ, les hommes mêlés à la rixe qui a coûté la vie à Abdoulaye et à un des leurs se sont pointés.

Plus menaçants que jamais.

Frustrés de ne pouvoir en découdre encore.

L'église ayant été vidée.

De ses habitants.

Le plus remonté des agresseurs a lancé aux autres l'idée d'en finir avec ce repaire de *nègres*.

« Brûlons l'église !

Oui brûlons-la !

Elle n'a rien à faire ici, sur notre terre ! »

Imane et père Antoine sont arrivés, en taxi.

Juste devant la maison.

Tout juste, à cet instant.

Devant la maison de Dieu.

Presque en feu.

Youssef a disparu.
Apparemment il aurait été raflé.
Hier, avec d'autres.
Fugees.
La pratique est courante ici.
Des policiers aux ordres embarquent sans ménagement des *nègres* installés dans des appartements par des marchands de sommeil. Des appartements appartenant à des Marocains de l'étranger. Et un peu avant les vacances, d'été, d'automne, de printemps et d'hiver, la police fait le ménage.
Les *fugees,* qui se débrouillent comme ils peuvent pour payer les loyers exigés, n'ont pas le temps de voir venir ni le pouvoir de réagir, Elles et Ils n'ont aucun droit dans ce pays, et si Elles et Ils venaient à l'oublier, les hommes en uniforme seraient là pour le leur rappeler. Avec force et brutalité. Si nécessaire.
Il y a déjà eu des morts lors de ces opérations. Des suicides, selon la police. Des défenestrations, selon les réfugiés.
Alors on peut dire, des suicidés par la police. Peut-être.
Les *nègres* arrêtés sont ensuite dépossédés de tous leurs biens, puis déportés en car.
Vers le sud.
Maltraités tout le long de la route.
Vers le sud.
L'idée est de les décourager définitivement.

211

De remettre les pieds à Tanger.
Est-ce que cela marche ?
Pas vraiment.
Une obsession est une obsession.
Et certaines obsessions.
Ne meurent jamais.
Youssef a disparu.

Pourquoi on part ?

Parce qu'on est poètes
De la vie elle-même
Et qu'on a le souci aigu
De la chute
De la syncope
De la fugue

Pourquoi on part ?

Parce qu'on a
Le spleen
Sur nos terres
Le blues
Dans nos bleds
Qui s'enlisent
Derrière les mots
Démo
Démo… Crazy

Yaguine et Fodé ont fait le tour de la ville à la recherche de leur mentor et bel ami. Nulle trace de Youssef dans ses lieux de prédilection. Son téléphone ne sonne pas. Il n'est pas à *La Luciolla* non plus. Les garçons se précipitent alors chez *Dar Gnawa*. Depuis leur rencontre, ils ont pris l'habitude de se retrouver chez Abdellah El Gourd, musicien magicien, ambassadeur magnifique de la culture gnawa, qui a toujours une oreille attentive. Youssef aime y passer ce qu'il appelle « des parenthèses enchanteresses » dans sa vie de *kelb* errant. *Dar Gnawa* est une maison. On y boit du thé offert par Abdellah qui sourit à toutes et tous avec la même bienveillance. Amis, inconnus, touristes, musiciens internationaux, festivaliers de passage au Maroc, le monde entier se bouscule ici et le monde entier est logé à la même enseigne. Ici. Youssef se sent bien à *Dar Gnawa*, Yaguine et Fodé aussi, ils y cultivent leur amour de la musique et leur rapport à l'art, l'art de la vie elle-même, avec un maître en la matière. Youss n'est pas là. Non plus.

Éric-Parfait, un autre jeune Camerounais de Tanger, saura peut-être quoi faire. Où chercher. Chercher Youssef. Sauver Youssef. Le soldat Youssef. Vite, direction Boukhalef. Au camp des Astronautes, comme Youssef nomme leur improbable squat. Il dit toujours qu'il réalisera un film sur leur base arrière. Il a toujours de ces idées. Youssef. Frère. De galères, de bonheurs simples et de joies claires. Il faut parfois une angoisse forte, inquiétude incompréhensible

qui vous étreint de la tête aux pieds et vous serre le cœur,
pour comprendre à quel point comptent certains êtres qui
vous sont chers. Youssef est un frère. Un de ceux irrempla-
çables. Un frère. Grand. Admiré. Et aimé. Profondément.

Vite, direction Boukhalef. Vite…

Swaeli est rentré.
Rentré à Paris.
Dans la chambre de bonne qu'il loue.
Au cœur de Belleville.
Le 20e arrondissement est son nouveau village.
Il y vit, ou survit.
Selon les jours avec.
Et les jours sans.
Il y vit, ou survit.
Dans le sillage de son passé.
Chargé.
Comme une arme braquée.
Sur le futur à changer.
Son présent, il le dédie à Nadia.
Chaque seconde.
Chaque minute.
Il repousse l'idée d'en finir.
Mettre fin aux tourments de son âme.
Mettre fin à tout.
La rejoindre.
Où elle est.
Où elle est ?
Il ne sait.
Il a cru au ciel, un temps.
Cru à la vie après la mort.
Mais il a perdu la foi.

D'abord en Dieu.
Qui n'est pas intervenu.
Au Soudan mis à feu.
Et à sang.
Par les tueurs de l'aube.
Au nom du Très-Haut.
Et au nom d'eux-mêmes.
Et de leur haine viscérale surtout.
Il a perdu la foi aussi en l'humain.
Sous les tentes du HCR.
En regardant les hommes.
Faire.
Et défaire encore.
L'humanité.
Depuis il se bat.
Résiste à la tentation.
Du suicide.
Pour retrouver.
Nadia.
Car il n'y a pas.
De vie.
Après l'amour.
Quand on a aimé.
Comme il a aimé.
Comme il aime.
Comme il aimera toujours.
Nadia.
Retrouver Nadia, mais où ?
Swaeli ne croit plus.
Au ciel.
Mais Nadia est un ange.
Et si elle n'est pas au ciel.
Où pourrait-elle être alors ?
Attendant la réponse à la question de sa vie, Swaeli.
Vit ou survit, selon les jours avec et les jours sans.

Son présent dédié tout entier à Nadia.
Il aide comme elle aidait.
Avant l'acide.

Les exilés se meurent.

Aussi.

D'amour.

Perdu.

La Folle.
Antoine.
Imane.
Les mamans du quartier.
Jalil, le psychiatre ami.
Quelques badauds interloqués.
La bande ennemie.
L'incendiaire potentiel.
Le cocktail Molotov.
Le chauffeur de taxi.
L'imam voisin.
La police, de retour sur les lieux.
Du crime à commettre.
Ou de l'humanité à sauver.
Jésus crucifié.
Son père, toujours silencieux.
Dieu.
S'il existe.
N'a pas.
N'a jamais eu.
Le moindre pouvoir.
Sur la violence.
La violence.
Des hommes.
Qu'il aurait créés.
Différents.

S'il avait su.

Qu'ils pourraient finir.

Ainsi.

Meurtriers de l'amour.

Sur Terre.

De sa voix fracturée la Folle a entonné son chant.

Bleu, blues, élégie. Pour l'enfant. Et pour la rue d'Acila.

Rue du monde. Et des rêves brisés.

Tout le monde s'est tourné. Vers elle. Un instant. Le temps.

S'est suspendu. Et la violence s'est arrêtée.

Un instant.

Trop court.

Toujours.

La police a menacé, un officier a sorti son arme en direction du cocktail Molotov et de son propriétaire, l'incendiaire potentiel, jeune homme possédé par sa haine.

« Pose ça, petit. Lentement. Très lentement... »

L'imam et le prêtre s'en sont mêlés, presque de la même foi.

Implorant au nom de leur Dieu, à l'un et à l'autre, peut-être le même, que tout cela s'arrête. Immédiatement.

Les mamans du quartier, elles, ont crié.

Sur la bande ennemie des *khel*.

« *H'chouma !*

Vous êtes une honte pour nous, une plaie et une honte ! Dégagez de notre quartier, vous n'avez rien à faire ici. *H'chouma !* »

Le chauffeur de taxi est remonté dans sa voiture.

Stupéfaits, les quelques badauds interloqués n'ont pas bougé.

Jésus non plus, portant sa croix.

Et Dieu qui n'a dit mot.

Consent.

À laisser se débrouiller les hommes.
Entre eux.
Ce soir encore.
Jalil le psychiatre ami.
Dans ses bras a pris Imane, choquée.

Imane m'a appelé.
Dans la nuit.
Pour me raconter.
La scène d'enfer vécue.
Elle tremble.
Je l'entends à sa voix.
Je connais sa voix.
Je la vois.
La devine.
La ressens.
Mal.
Je ne peux rien.
Rien faire d'ici.
Rien d'autre que lui tenir la main, à distance.
Ne pas la lâcher.
Même un instant.
Comme elle le ferait.
Pour moi.
Elle l'a fait.
Quand Sita…
Elle pleure.
Au téléphone.
Mon cœur se brise.
Contre le sien.
Tout contre.
« Imane, je te serre.

Contre mon être.
Tout contre. »
Elle me répond.
« Je t'aime.
Je... »
Imane et moi avons raccroché.
Elle l'a dit.
« Je t'aime. »
Pour la première fois.
J'ai pris mon carnet.
Et mon stylo.
Au chevet.
De mon cœur.
En fête.
J'ai envie d'écrire.
Lui écrire.
Nous écrire.
Juste quelques notes.
D'amour et d'espoir.
Pour plus tard.
Peut-être.
Quand nous serons vieux.
Et rirons encore.
Ensemble.
Aux éclats.
De la tendresse qui nous lie.
Un peu, beaucoup.
À la folie.
Douce.
Amoureuse.
De chaque instant.
Fugace d'éternité.
De la vie ensemble.
« Je t'aime », elle l'a dit.
J'écris.

Vis totalement
Toujours
Vibre à tout ce que tu aimes
Et à tout ce qui compte pour toi
Et ne te couche pas
Ne te couche jamais
Sinon pour aimer
Puis relève-toi
Et aime, oui aime
Aime encore

J'ai aussitôt appris à Céline et Aladji ce qui s'était passé à Oujda. Avant même que je ne le lui demande, la présidente a accepté que je parte retrouver Imane. Elle s'occupe de ma demande de visas. Il m'en faudra deux. Visa pour le Maroc.

Et visa pour la Grèce. Nous y avons rendez-vous dans dix jours. Pour le colloque. Le prochain colloque qui réunira les bâtisseurs de ponts. Entre autres participants.

Je vais prévenir Imane que je serai bientôt près d'elle.

Et du père Antoine.

De ses filles et de ses fils.

Sortis de cellule, mais pas de la prison.

Des regards portés sur eux.

Par certains, négrophobes assumés.

Khel.

Kharlouch.

Nègres.

Fils de.

227

Aladji m'accompagne à la maison. « Les *bros* sont toujours là pour leurs *bros* », me dit-il. Je lui réponds, taquin, que ça ne veut rien dire. « Ta phrase n'a pas de sens, *bro*, mais elle fait du bien. »

« Tu as raison d'y aller, *my man*, ta go doit avoir besoin de te voir.

— C'est plus que ma go, *bro*, beaucoup plus, je le sais.

— Tu l'aimes à ce point ?

— Oui, c'est la femme de ma *life*, celle que j'aurais présentée à Sita, je ne pensais pas que cela m'arriverait encore de *fall in love* après Rome...

— Rome... ?

— Oui, Rome, et sa douce mélodie... *Bro*, tu veux une bière ? »

Pourquoi on part ?

Parce que Boko Haram parce que Daech parce que dans nos pays parfois nous sommes des morts en sursis et partir dès l'aube devient dès lors la seule porte de sortie de la nuit la seule porte de survie la seule porte de secours de la vie qu'on assassine chez nous pour un oui ou pour un non on part parce qu'on est prêt à endurer le pire pour trouver le meilleur on part parce qu'on est déjà mort noyé mille fois dans la Méditerranée de nos vies tristes prises au lasso nos vies lassées de la folie des rois qui tiennent en laisse nos destinées et ne nous laissent aucun droit d'existence ne nous laissent aucun autre choix que partir parce qu'on a le sentiment de waka en clandos depuis le préau depuis le landau même et nos fardeaux sont moins lourds quand ils prennent l'eau cours petit cours vers la pluie cours vers elle encore elle toujours elle la vie miracle qui sauve aussi la vie cri dense de cymbale du soleil qui tape sur la peau tape tape sur la peau la vie au ciel bleu écru la vie encore elle parfois belle la vie encore et toujours elle aux senteurs de jasmin et de lavande la vie aux odeurs d'étoile absinthe la vie qui nous enfante nous enchante nous déchante nous réenchante nous redéchante puis nous offre ailleurs de nous réenfanter encore toujours encore toujours encore et toujours dans la lumière infinie du jour que nous portons toutes et tous en nous et au-delà de nous on part

parce qu'on a poussé comme des orties et qu'on veut s'arracher
nous-mêmes s'arracher de tous les terreaux infertiles pour nos
rêves en déroute dégoûtés on part parce qu'on a lu Kerouac
sans doute et qu'on est comme Dean et Cody clochards célestes
sur la route de nous-mêmes on part parce que l'humanité a
essaimé ainsi en partant d'elle-même pour elle-même ailleurs
on part parce qu'on est nomade homeless *depuis la première*
lueur du monde on part parce qu'on brûle en nombre dans
la vallée des ombres et dans les limbes du temps qui ne passe
pas paisible pour nous ne s'écoule pas tranquille pour nous
chantant toujours la même rengaine le même refrain pour
les sistas et les refrès qui grondent liberté ! liberté ! liberté !
libérez la liberté ! la liberté pour toutes ! la liberté pour tous !
on part parce que la liberté ou la mort on part de rien pour
arriver à tout on part parce qu'on a le sentiment cruel d'être
toujours assis à fond de cale dans les caravelles de malheur
on part parce que les plus faibles ne peuvent pas toujours
entendre la raison du plus fort toujours attendre du plus fort
qu'il leur dise leur dicte quoi faire quand battre le fer le frère
ou en retraite on part parce qu'on est atteint on souffre du
mal incurable des yeux ouverts on part parce qu'ici rien ne
nous wait *à part le cimetière et encore on n'en est pas sûr pas*
sûr de retourner poussière dignement au rythme où ça tire ou
ça tue pour un oui pour un non pour un nom pour un rien
pour un tout tous les pouvoirs aux présis et leurs sbires sans
scrupules on part parce qu'on a trop survécu sur nos réserves
et on veut vivre désormais ou mourir d'avoir essayé de savoir
s'il y a un bout au tunnel et s'il y a de la lumière au bout du
bout du tunnel on part parce qu'on est à bout de tout et que
malgré tout quelque chose nous appelle encore à un autre bout
de la planète on part parce que sinon on tournerait en rond
sur nous-mêmes empêtrés dans nos désespoirs gluants on part
parce que nihilisme béant nous guette vieilles ombres nous
fixent sur place on part parce que nju nju kalaba *à forme*
humaine hantent nos nuits sans sommeil on part parce qu'on

want love *on* need love and a little food in our bowl *on part parce que nous sommes des astres constellant la nuit de nos propres vies on part parce que nous sommes Magellan noirs à la conquête de terres promises quelque part sur la Terre on part parce que si on ne* go *pas on* die *si on* go *on* die *alors on* go *et tant pis si on* die *on part parce que nos* life *sont des paris des défis à chaque instant on part parce que c'est juste humain ce besoin légitime de réchauffer nos moi affectifs on ne peut pas toujours être en froid avec soi-même et avec son environnement en guerre de tranchées de désespoir on part parce que nos vies ressemblent à des parties de jambo truquées on part parce qu'on se navre tellement ici qu'on s'en va chercher là-bas havre de paix on part après avoir pesé le pour et le contre on part parce que tout compte fait il nous faut partir pour ne pas perdre pied et finir estropié du système on part parce qu'on est les enfants seuls perdus des bas-fonds ou des quartiers neufs de la chanson d'Oxmo bref au fond pour tous c'est la même souffrance qui tenaille le cœur le ventre alors on part parce que* we can't breathe here no we can't breathe no more *on part parce que* RAP *rien à perdre on part parce qu'on a écouté Lunatic et qu'on n'a pas le temps pour les regrets les erreurs n'appartiennent qu'à nous-mêmes on part se chercher ailleurs parce qu'on ne se trouve pas chez nous on ne se retrouve nulle part d'ailleurs alors on part pour ouvrir les portes de Soledad et Attica dénouer nos névroses soigner nos ankyloses tenir dragée haute au déterminisme tenir son rang dans le rang des vivants on part pour tenir encore un peu ne pas ternir ce qui reste de nous on part parce qu'on ne peut plus se retenir de partir on part parce qu'on est en chien on part parce qu'on veut croire qu'ailleurs nous veut du bien on part parce qu'on entend Rodney nous dire que nous ne devons pas nous excuser de marcher à l'intérieur de nos silences car nous sommes l'horizon vers lequel nous marchons...*

Boukhalef.
Yaguine et Fodé sont arrivés.
Au camp.
Le camp des Astronautes.
Éric-Parfait est assis à une table basse.
En grande conversation avec un petit groupe de jeunes.
Fugees.
Guinéens.
Sénégalais.
Maliens.
Arrivés hier.
Il leur explique.
Les conditions de vie.
Et les règles à respecter.
Dans le camp.
Elles tiennent en une phrase.
Un pour tous, tous pour un !
L'infortune et la misère peuvent.
Avoir quelque vertu.
Yaguine informe la communauté.
De l'inquiétante nouvelle.
Youssef a disparu.
Éric-Parfait va chercher son téléphone.
En charge derrière un des murs de tôles froissées.
Dressés autour de la base arrière.
De leurs rêves.

Et leurs espoirs.
En sursis.
Eux aussi.
Éric-Parfait est revenu à table.
Allô ?

Imane est venue me chercher.
À l'aéroport.
Elle est touchée.
Par ma décision.
De la rejoindre.
Je ne lui ai pas laissé le choix.
Remarque.
Elle me le fait remarquer.
En souriant.
Peut-être pour masquer son émotion.
Ou une forme de gêne.
Elle est libre, indépendante et fière, Imane.
N'a besoin de personne.
Enfin, ne veut avoir besoin de personne.
Jamais.
En dehors de sa sœur.
Sa jumelle.
Et amie éternelle.
Je le sais.
Les choses sont claires.
Depuis le début.
De notre histoire.
D'amour.
Libre.
Elle est.
Libre.

Elle restera.
Mais la liberté.
Ne sert à rien.
Si on n'a personne.
Pour la partager.
Je suis là.
Elle le sait.
Et c'est tout.
Ce qui compte.
Pour moi.
Pour nous.
Elle sait.
Que je suis et serai toujours là.
Si besoin.
Et même sans besoin.
De moi.
De nous.
Nous quittons l'aéroport.
Direction la maison du père.
Pour saluer Antoine.
Et les jeunes.
Fugees.
De retour.
At home.
Le titre.
D'une chanson.
Mirifique.
Du duo.
Nobles de cœur.
Yaguine et Fodé ont écrit.
Un texte de rap.
En hommage.
À l'église Saint-Louis-d'Anjou.
Située rue d'Acila, à Oujda.
Où, c'est vraiment arrivé.
J'ai pleuré.

Youssef

Youssef.
Ne s'appelle pas Youssef.
Youssef est un prénom de commodité.
Choisi pour être un peu tranquille.
En milieu hostile.
Le jeune Camer, fier et charismatique, *magnifique comme Gatsby les dollars en moins,* a vite compris qu'il valait mieux abolir le maximum de différences entre lui et la majorité des habitants de son pays d'accueil. Il a appris la langue, les manières de vivre, emprunté religion et prénom arabes. Pour se fondre dans la masse. Essayer autant que possible. Il a plutôt réussi son coup. Sa stratégie amoureuse. Amoureuse, car il est véritablement tombé en amour avec ce pays. Le Maroc. Cette ville. Tanger. Ce détroit. Gibraltar. Il s'y sent parfois à l'étroit, mais toujours à sa place juste.
Malgré les galères quotidiennes.
D'hier. Aujourd'hui. Et demain.
Youssef.
S'appelle.
En réalité.
Sabai Jai.
Et il a choisi.
De vivre.
Toujours du côté de l'optimisme.
Il y a des gens comme ça.

237

Youssef.

A grandi à Douala.

Fleur fanée.

Du jardin de sa naissance.

Youssef a quitté Douala.

En suivant son intuition.

Son intuition.

Du monde.

Et son envie.

D'une autre vie.

Son envie.

D'autres vies.

Que la sienne.

D'autres vies.

Que celle à laquelle.

Certains auraient voulu l'assigner.

Youssef.

Est bel homme.

Et.

Il le sait.

En joue.

Parfois.

Sa tête posée sur un corps d'athlète, porte des dreads.

De longues dreads rebelles.

Youssef.

Est fier.

Charismatique.

Magnifique comme Gatsby.

C'est une jeune Française en vacances qui le lui a dit un soir.

Après l'amour.

Ou plutôt le sexe.

Sans amour.

Le sexe pour le sexe.

Le plaisir.

La volupté.

Le désir qui dit son nom.

Sans artifice.

Sans faux-semblants.

Sans préliminaires.

Presque.

Après une nuit folle.

Elle lui avait susurré dans le creux de l'oreille, en sortant du lit, « tu es magnifique comme Gatsby... ».

Youssef, *african* dandy.

Ne savait, à l'époque, qui était Gatsby.

Mais il avait souri.

À la jeune *white* française en vacances au Rocma.

« Magnifique comme Gatsby », se répétait-il souvent.

Souriant encore à la go.

En pensant qu'elle aurait peut-être pu préciser.

« Magnifique comme Gatsby, les dollars en moins. »

Cela aurait été plus juste.

Youssef.

Avait depuis toujours.

Grande repartie.

Et sens aigu.

De l'autodérision.

Youssef.

Qui ne s'appelle pas Youssef donc.

Mais Sabai Jai.

A choisi.

Choisi.

Un autre prénom.

Et d'autres vies.

Choisi.

La vie.

Choisi.

Sa vie.

C'est-à-dire.

L'art et la manière.
De la vivre à sa guise.
Toujours.
Du côté de l'optimisme.
Résolu ainsi.
À ne jamais laisser.
Quoi que ce soit.
Entraver sa joie.
Sa joie.
D'enfant.
Du monde.
Résolu aussi.
À ne jamais laisser.
Qui que ce soit.
Marcher.
Sur ses rêves.
Ses rêves.
Par milliers.
Et piétiner.
Sans vergogne aucune.
Sa dignité.
D'homme.
Du monde.
Youssef.
Ne s'appelle pas Youssef.
Mais Sabai Jai.
Youssef.
Est.
Sabai Jai.

Rue d'Acila.
Ibra me parle.
De celle que le quartier nomme la Folle.
Il me confie l'émotion.
De la note bleue.
Dans la voix.
De cette femme seule.
Il me raconte.
Leur rencontre.
Retrouvailles, selon lui.
Il connaît cette présence.
Absence.
Fondamentale.
Et cette berceuse.
La berceuse.
Pour l'enfant.
L'enfant.
Ibra.
Est sûr de lui.
Je ne le contredis pas.
Pourquoi le ferais-je d'ailleurs ?
Je pense à la route.
La route d'Ibra.
La mienne.
Et celle de chacune, chacun.
Ici.

En ce lieu saint.
Sacrément humain.
Fondé par un homme.
Qui ne l'est pas moins.
Sacrément humain.
Humain, mais du côté juste.
Noble.
Et grand.
De l'humanité.
Qui peut l'être.
Parfois.
Juste.
Noble.
Et grande.
Je pense à la route.
Celle des êtres en déroute.
Que nous sommes.
Toutes et tous.
Parfois.
La route.
Des femmes et des hommes.
Qui marchent.
Criblés de doutes.
Sur la Terre.
Elles et Ils.
Ibra.
Yaguine.
Fodé.
Antoine.
Imane.
Leila.
Swaeli.
Youssef.
Qui ne s'appelle pas.
Youssef.

Mariama.
Esther, la Tata.
Le Malien.
Éric-Parfait.
Toutes et tous.
Perdus.
Retrouvés.
Vivants ou morts.
À côté de leurs pompes.
Parfois.
Elles et Ils.
Vous et moi.
Je pense à la route.
La route.
Qui nous avale.
Et nous recrache.
À sa guise.
La route.
Apprend.
L'humilité.
Devant elle.
L'humanité.
De la femme et de l'homme.
Debout.
Dans le vent.
Dans le vide.
La route.
Apprend.
À contrôler.
Son désir.
Sa soif, sa faim, du monde.
La route.
Apprend.
À admirer.
Les étoiles.

La nuit.
La lune orangée.
Et le ciel rouge.
Au-dessus.
De sa tête.
La route.
Apprend.
À sentir.
Son corps.
Ses jambes.
Le poids de sa vie.
Ses épaules.
Son dos.
Sur lesquels tape.
Ce sac contenant.
Ce qui reste parfois.
De soi.
En soi.
Le sourire d'une grand-mère.
Un rayon de soleil.
Souvenir éternel du pays quitté.
Le cœur d'un amour.
Qu'on ne reverra pas.
Ailleurs qu'en soi.
Dans un rêve.
Ou un cauchemar.
De plein jour.
La route.
Selon le poète.
Nous éloigne.
Aussi.
Nous égare.
Nous épuise.
Nous conditionne.
Nous cadre.

Nous vide.
De nous-mêmes.
Nous détache.
D'elle.
De nous.
Des choses.
La route.
Un dragon.
Un volcan.
Notre dragon.
Notre volcan.
Notre route.
Sur la route.
On marche.
Avec nous-mêmes.
D'abord.
On marche.
Avec nous-mêmes.
Seulement.
On marche.
Avec nous-mêmes.
Toujours.
Et puis un jour, Imane.
Et on veut marcher.
Avec elle.
Un temps.
Sur la route.
Le temps.
D'un instant.
Fugace.
D'éternité.
Ibra me demande.
Si je pense qu'il se méprend.
S'il se prend.
D'illusion.

Je ne réponds pas.
Au début.
Et puis je lui montre.
Du doigt.
Père Antoine.
Au bout de l'église.
Se préparant à prier.
Prier Dieu.
Encore.
Malgré le silence divin.
Et tout ce qui s'est passé.
Tout ce qui se passe.
Sur Terre.
Tout ce qui s'est passé.
Tout ce qui se passe.
Ces dernières semaines.
Dans sa maison.
Rue d'Acila.
Rue du monde.
Je ne sais pas.
Si Ibra a compris.
Compris ma réponse.
Qui n'en est pas une.
Il s'excuse cependant.
Et me laisse.
Perplexe.
Enlisé.
Dans mes pensées
Imane arrive.
Vers moi.
Elle veut me parler.
Elle aussi.
Et veut qu'on rentre.
Chez elle.
« Tout va bien ? »

Elle passe sa main sur ma joue.

« Ne t'inquiète pas, c'est juste que j'ai besoin… de rentrer.

— Alors rentrons… »

Nous partons.

Aussitôt.

Devant l'église.

Chante la Folle.

Assise.

Sur du vent.

Près d'elle.

Ibra.

Dans le vide.

Lui tient compagnie.

La Folle continue son gospel.

Elle ne fuit pas.

Ne fuit plus.

Elle donne.

De la voix.

Elle donne également.

La main.

La main à l'enfant.

Qui n'est plus seul.

Je les regarde.

Et pense.

À la route.

Leurs routes.

Je pense aussi que parfois la seule chose qui compte est ce en quoi on croit, peu importe ce que c'est, tant que cela nous fait du bien et sauve notre part belle humaine. Qui peut nous juger ? Personne.

Je les regarde encore.

En m'engouffrant dans le taxi hélé par Imane.

Dans le rétroviseur de la voiture qui s'éloigne, je vois.

Un orphelin et une mère.

Deux solitudes.
Je.
Comprends qu'il n'y a pas que les parents.
Les parents qui peuvent.
Adopter.
Les enfants aussi ont ce pouvoir.
Rue d'Acila.
Un fils adopte une maman.
J'y trouve beauté ineffable.
Plénitude irrémédiable.
Dans le désordre du monde.
Je silence.
Tendresse.
Et sourire.
À Imane.
Assise.
À côté de moi.
Si près du cœur.
Beauté ineffable.
Plénitude, irrémédiable.
Encore.
Dans le désordre.
Du monde.
Toujours.

Personne.

Ne fuit.

Le bonheur.

Aussi infime.

Et fragile.

Soit-il.

Alerte maximale.
Au camp des Astronautes.
Tous les *fugees* se mobilisent.
Pour Youssef.
Toutes et tous ont le sentiment de devoir.
Quelque chose à Sabai Jai.
Dit Gatsby.
Le magnifique.
Homme-sandwich.
Les soirs de maraude en ville.
Avec son association.
Homme-orchestre.
De la vie.
Dans la cité.
Du détroit.
Homme tout court.
Grand homme même.
Par le sens de l'autre.
L'intuition généreuse.
La profession d'humanité.
La vocation d'artiste en liberté.
La liberté pour toutes et tous.
Le rêve commun partagé.
Avec toutes celles et tous ceux.
Loin de chez elles, loin de chez eux.
Et qui ont dans leurs yeux

Quelque chose
Qui fait mal, qui fait mal[1].
Quelque chose.
D'un horizon, perdu.
D'un azur, à (re)trouver.

Les appels se multiplient. « Allô ! À l'aide ! On a perdu trace de… Non ce n'est pas possible ! Pas lui ! Pas lui ! Pas notre gars ! Il a été raflé quand ? Laissez-moi voir avec quelqu'un qui connaît quelqu'un qui… O.K., ça marche on *wait* des *news*… »

« Dis donc le téléphone arabe marche bien au Maroc », aurait sans doute dit Youssef, toujours enclin à rire de tout. Et se moquer gentiment. De lui et des autres.

Éric-Parfait a une piste. Ou plutôt, un début de piste. Il connaît un indic, Presto, qui pourrait peut-être se renseigner auprès d'un flic ou deux avec lesquels il biz souvent.

Après plusieurs tentatives infructueuses, Éric-Parfait parvient enfin à joindre Presto. Rendez-vous est pris. Dans la médina. En fin d'après-midi. Yaguine et Fodé iront aussi, même si Youssef leur a demandé de toujours garder leurs distances avec l'indic, dealer et surtout proxénète à ses heures perdues à compter les *dos* qu'il se fait sur le dos des réfugiés, notamment certains jeunes garçons qu'il recrute pour des soirées libertines avec de vieux occidentaux de passage et en quête. De corps noirs. Presto est cynique. Il le dit d'ailleurs sans la moindre gêne : « Je suis aussi cynique que le monde qui m'a vu naître et devenir ce que je suis… Rien de personnel, c'est juste les affaires. Et puis de toute façon, vous êtes libres d'accepter ou de refuser mes propositions, de vous faire entretenir pendant plusieurs semaines par an, de manger et de dormir dans le luxe, d'avoir une vie de rêve un temps, renouvelable si vous assurez… »

---

1. « Chanter pour ceux qui sont loin de chez eux », *Différences*, Michel Berger, Apache, 1985.

Mais le rêve, parfois, passe par la case cauchemar dans la chambre. Cauchemar encore. Cauchemar toujours. Pour des jeunes livrés à eux-mêmes. Et à toutes les perversions possibles.

Presto, lui, s'en fout. Il vend des prestas. Rien de personnel. Juste des affaires. Presto est Nino Brown ou Tony Montana.

Bad boy de Tanger. Il y a quelques années, alors que Youssef était en galère, il l'avait approché pour lui dire qu'ils pourraient se faire un fric monstre si celui-ci consentait à être docile et changer de bord le temps de quelques nuits avec des étrangers fortunés. « Avec le style et la beauté que tu as on va sauf que gagner les *dos* mal… » Youssef ne l'avait pas laissé aller au bout de son raisonnement mercantile. Et l'avait frappé. En plein visage. Il est impulsif, Youssef. Les deux hommes s'étaient battus. Et depuis ne s'adressaient plus la parole. Lorsqu'ils se croisaient, ils s'ignoraient royalement. Chacun poursuivant sa route.

Presto n'avait certes pas digéré cet épisode, mais il aiderait s'il pouvait Éric-Parfait, celui-ci en était convaincu, il serait de leur côté. Pour retrouver le frangin disparu.

Il le fallait.

Sauver.

Youssef.

Le magnifique.

Sabai Jai.

Gatsby.

Presto confirme à Eric-Parfait, Yaguine et Fodé ce qu'ils craignaient.

Le pire.

« Youssef s'est fait soulever par les mbérés, ils l'ont cha pendant une maraude, ça faisait un moment qu'ils l'avaient dans le collimateur, son énergie déplaît en haut lieu, sa popularité dans la ville aussi. Et ça sent mauvais, les gars, vraiment mauvais. J'ai peur que le frère ne s'en sorte pas, pas cette fois, les mbérés veulent lui régler son compte from. Le sortir de la ville afin de pouvoir agir à leur guise, impunément et sans risque de mobilisation, c'est le seul moyen qu'ils ont trouvé.

Je vous jure, ça sent mauvais, les gars. On avait des problèmes, Youss et moi, mais c'est un mec que j'ai toujours respecté, et même admiré. Je suis désolé, je ne peux rien *do*, et personne dans mes contacts ne peut *help*. J'ai demandé à un commissaire avec lequel je suis en jez souvent, un jo que j'apprécie et qui me le rend bien, s'il y avait un recours possible. Il n'y en a pas, il n'y en a plus, à partir du moment où les gars ont été pris. Leur sort est scellé. Je suis désolé, mes petits, sincèrement désolé. »

Yaguine et Fodé encaissent.

Chaque mot, chaque phrase.

Comme des coups.

De poing.

Dans le ventre.

Et le cœur qui saigne.

Youssef ne reviendra peut-être pas.

Pas vivant en tout cas.

De la dernière rafle de Tanger.

Ce n'est pas possible, ils ne peuvent y croire.

Pas Youssef, pas leur grand.

Dans le désert, aux alentours de Tanger

Collé à la vitre de la réalité.
Youssef.
Regarde défiler.
Le paysage.
Youssef.
Arrive à s'extraire du brouhaha qui l'entoure.
Les cris.
Des policiers, qui hurlent.
Sur les *khel.*
Embarqués de force.
Dans ce bus qui roule.
Vers le désert.
Youssef sourit, ironique un instant.
En pensant à lui et à ses « frères de galère », bientôt jetés en pâture à la nuit, mais qui reviendront, tenteront de revenir, par d'autres moyens, par tous les moyens, au point de départ.
La ville de Tanger.
Dans le détroit de Gibraltar.
Là où d'autres attendent de tenter leur chance, *fugees.*
Noirs d'Afrique.
Subsaharienne.
Youssef sait que les policiers sont conscients.
Du non-sens de la situation.
Ramener à cette frontière de sable un équipage déterminé à revenir, à tout recommencer à zéro s'il le faut, sans

argent, sans affaires personnelles, sans rien, mais jamais à court d'espoir.

De pouvoir enfin traverser.

Après tant de sacrifices.

Et de coups de bâton, de matraque du destin.

Collé à la vitre de la réalité.

Youssef.

Regarde défiler.

Ses souvenirs.

Yaoundé, ville de naissance.

Ongola, quittée à la mort de sa mère.

Maman Antoinette.

Rabat.

El Jadida.

Safi.

Tanger, où il s'est arrêté.

Après deux ans de pérégrinations.

Au Maroc.

Tanger, ville de renaissance.

Dans ce pays, où.

Il s'est rebaptisé.

Youssef.

Le bus s'arrête.

Tout le monde est invité à descendre.

Invité, façon de parler.

Les policiers marocains usent et abusent parfois.

De la violence.

Envers les *nègres.*

Sans papiers.

Donc sans droits.

Les coups pleuvent.

Quelques insultes aussi.

« Allez, les *kharlouch* !

Dehors !

Sortez du car !

C'est fini pour vous !

Notre pays ne veut pas de vous !

Vous n'avez pas intérêt à remettre les pieds chez nous ! »

Youssef sourit, ironique encore.

Et il se dit, au fond.

Ces gars savent pourtant que rien n'y fera. La majo-
rité d'entre nous repartira vers Tanger, certains obsédés par
l'autre côté, et d'autres parce qu'ils ont trouvé dans cette
ville le collier qu'ils n'avaient jamais eu. Nous sommes des
kelb *errants.*

Un coup de feu retentit.

Tirant Youssef de ses pensées.

Et dispersant le groupe de *fugees*.

Le fusil aboie encore.

Et un des policiers ordonne :

« Tout le monde à terre. »

Collés à la vitre de la réalité.

Youssef.

Les autres *fugees*.

Vous.

Et moi.

Impuissants.

Face à la violence des hommes.

La violence, qui revient toujours.

255

Mohamed, le policier qui a sommé le groupe de se coucher, fait part de son idée à ses collègues.

Il leur dit en arabe que ce qu'ils font ne sert à rien, il le sait et la brigade aussi, il leur dit qu'il est temps d'en finir une bonne fois pour toutes, temps de mettre un point final à l'aventure de leurs prisonniers.

« Ils reviendront à Tanger, sauf si nous les exécutons ici et maintenant, on n'aura qu'à enterrer les corps dans le désert, ni vu ni connu... »

— Mohamed, ce sont des humains... comme nous », se risque un des flics, ajoutant qu'il refuse de participer à l'assassinat d'hommes sans défense.

« Alors tu devras fermer les yeux, Adil. Barre-toi et laisse-nous faire ce que nous avons à faire... »

Youssef comprend l'arabe.
Il l'a appris à Tanger, chez *Dar Gnawa*.
À force d'y aller pour le thé, la musique et la culture.
Gnawa.
Si proche, de la sienne.
Bantoue.
Youssef comprend.
Vite.
L'issue.
Tragique.
Le bruit des bottes.
La haine.
Déguisée en uniforme.
L'odeur de la mort.
Subite.
Après la galère.
Subie.

Youssef sourit toujours, mais l'ironie a disparu.
Son air est grave.

Grand.

Et noble.

Il décide de se relever.

Sans demander la permission.

À ses « geôliers », assassins d'aube.

Youssef est debout, maintenant.

Sous les regards hagards de ses compagnons de route.

Visages contre terre.

Eux.

Youssef fait face.

Aux policiers.

Et à leurs armes, menaçantes.

« Qui t'a demandé de te lever, sale *khel*, tu te crois où là ?

— Couche toi, Youssef, sinon tu vas le regretter, je le jure devant Dieu... »

Youssef sourit, son innocence est désarmante.

« Je ne m'appelle pas Youssef, mais Sabai Jai... »

Répond-il, doucement.

En repensant à sa dernière soirée chez *Dar Gnawa*, et à sa longue conversation avec Abdellah Boulkhair El Gourd.

Yaguine et Fodé étaient là aussi, assis à ses côtés.

À l'école du maître guérisseur, musicien magicien.

« Un homme pressé est un homme déjà mort... »

Cette phrase du guide enveloppe Youssef Sabai Jai, souriant de plus belle.

Mohamed éructe de colère et met en joue l'homme debout.

Adil qui a refusé de fermer les yeux sort son arme de son fourreau.

Le tonnerre gronde.

Un homme tombe au sol.

Mortellement touché.

Sourire est la seule preuve de notre passage sur terre.
Dit le poète.

Fugees

Ciel.

Feu.

Le sable brûle.

Les pieds nus des femmes et des hommes, qui marchent.

Perdus.

À côté de leurs pompes.

Et de leurs ombres silencieuses.

Dans le Rif, il neige.

Sortilèges, chansons bohèmes et poèmes. Révolutionnaires.

La route est longue.

Vers le bonheur, qui n'existe pas.

N'existe pas.

Pas totalement.

Il y a toujours un être qui manque.

Ou un pays, une terre, une mer, une montagne, un paysage.

Un visage, un plat, un parfum, une odeur, une langue, une ville. Une vie de rien, grande comme un tout.

Bout d'île à soi.

Ou presqu'île.

Presque à soi.

Quelque part, une part de soie.

De douceur en soi.

Part de vide, aussi.

Impossible à combler.

Et pourtant, les femmes et les hommes marchent.

Pieds nus.
Perdus.
Vers le bonheur ou l'idéal.
Idéal qui n'existe pas non plus.
N'existe pas non plus.
Pas totalement.
Depuis la nuit des temps, des femmes et des hommes marchent. Lucioles lucides sur la condition humaine. Au fond.

Pas à pas.
Elles et Ils s'en viennent.
Elles et Ils deviennent.
Filles et fils des dunes.
Filles et fils de lunes rouges et pleines.
Intenses et belles.

Elles et Ils disent :

« Nous venons en paix
Suicider le silence
Et renaître
Mettre au monde
Un chant de terre latérite
Mémoire d'encre vive
Cendre d'espérance
Fragile orchidée
Plantée dans le champ
D'un rêve de mille ans
Reporté. »

Elles et Ils savent.

Quand sonne l'heure.

Peut-être la dernière.
Là, derrière le mirage.
L'heure bleue de l'exil.
Les réfugiés sont.
Une cicatrice sur la figure.
De l'homme aux mille visages.
L'irruption sans précédent d'une minorité sans dents,
dérangeante.
Au bouche-à-bouche avec l'histoire.
Du monde.
Trop.
C'est trop.
Trop.
C'est trop.
Trop.
C'est trop.
Non ?
Trop de corps
Qui flottent
À fleur d'eau.
Et la mer meurt
Elle aussi
Chaque jour
Et chaque nuit.
Du trop-plein
De cadavres
Gisant
Dans ses tréfonds.
Trop de femmes
Trop d'enfants
Trop d'hommes.
Trop de.
Corps
Qui flottent.
À fleur d'eau

De mer morte
Elle aussi.
Trop de.
Trop.
C'est trop.
Pourtant
Le naufrage poursuit son naufrage.
Le naufrage de l'humanité elle-même.
Qui se noie
S'est noyée
Tant de fois
Se noiera
Encore.
Dans l'indifférence
Générale
Et le silence
Sidéral
De la majorité
Sans humanité
Sans humanité belle
J'entends.
Les cris.
SOS
Des hommes à la mort.
Mitraillés par d'autres hommes, qui gardent côtes.
Et tentent de faire couler dans l'océan.
Femmes, hommes et enfants.
De Syrie.
Les réfugiés sont.
Une cicatrice sur la figure.
De l'homme aux mille visages.
L'irruption sans précédent d'une minorité sans dents, dérangeante.
Au bouche-à-bouche avec l'histoire.
Du monde.

Trop.
C'est trop.
Et pourtant.

La Route

Je.
Demande la Route.
Comme témoin.
À la barre.

La Route avance.
En silence.
Avant de prendre la parole.
Et plaider.
Non coupable.
Au tribunal.

De l'Histoire.

« Ce n'est pas moi, ce sont les Hommes.
Les humains qui m'empruntent, qui me prennent par
toutes les voies possibles.
De terre.
De mer.
De ciel.
Les humains qui marchent.
Nagent.
Voguent.
Volent.
Au secours.
De leurs rêves fragiles.

Ce n'est pas moi, ce sont les Hommes.

Les humains qui me traversent de part en part de la Terre, en quête de pâturages plus verts, d'environnements moins hostiles, de zones plus fertiles et mondes nouveaux.

Ce n'est pas moi, ce sont les Hommes.

Filles et fils du bitume.

Guerriers de l'asphalte.

Les humains qui misent leurs vies et leurs fortunes sur mes sentiers battus et autres chemins.

Pour arriver à eux-mêmes.

Arriver à trouver.

Enfin.

Un jour.

Au moins un.

Jour de paix.

Dans leur monde.

Ce n'est pas moi, ce sont les Hommes.

Les humains.

L'humanité que j'accueille.

Depuis la nuit des temps.

L'humanité, dont je compte les pas.

Pas à pas.

Depuis la première femme, le premier homme.

Enfants du monde

L'humanité.

Dont je connais.

La soif, trop grande.

La faim, insatiable.

Toutes les quêtes.

Et les espérances.

Nomades.

L'humanité.

Que je nomme.

Inhumaine.

Envers elle-même.

Parfois.

Ce n'est pas moi.

Ce sont les hommes, les humains, l'humanité.

L'humanité qui se brûle à son essence geint et meurt d'avoir trop marché ressuscite et marche encore même quand rien ne marche pour les femmes les hommes enfants du monde qui marchent à la marge profonde des sommets G7 sans têtes ni cœurs à l'idéal commun humain seul capable de faire advenir les utopies qui manquent tant à l'humanité dépassée qui ne fait que passer... passer sa route égarée passer sa route écumer ses jours ses nuits sur la route passer sa route sortir de route passer sa route tracer sa route sans cesse entre défaites et déroutes passer sa route trépasser sur toutes les routes les routes du monde qui gronde la route les routes la route les routes la route les routes la route les routes la route les routes qui mènent les humains à la fronde aux frontières du réel... Ce n'est pas moi, c'est l'homme qui n'a pas peur pas peur de prendre la route dans tous les sens pour se sauver ou sauver ce qui reste d'humain, d'humanité, en lui... »

La Route.

Quitte la barre.

Et repart.

Du tribunal.

De l'Histoire.

Libre.

À l'ombre du manguier.
J'attends.
Encore et toujours.
Sita.
Certains soirs.
Je l'entends.
Me dire.

« *A mouna.*
We ndé
Mouna Sawa.
To wèni.
O mala no.
We ndé
Mouna Sawa.
Na douala longo la bobé. »

A mouna.
C'est moi.
Et rien n'a changé.
Sita a encore raison.
Sita aura toujours raison, même de la mort.
Bonapriso est à jamais ma maison.
Douala ma ville, le Cameroun mon pays.
Quoi que je fasse.
Et où que j'aille.

Sur cette terre.
Je suis.
Je reste.
Enfant.
Sawa.
Du monde.

Et non, il n'était possible, pour vous, sur nous, sur
Non, non à bouge en hau auprès à hai la trace
longue, son petit son tome

Oujda

Un jour dont j'ai perdu le nom.
Imane me parle, pour la première fois.
De partir.
Elle a du mal à se remettre.
De ce qui s'est passé.
Ou aurait pu arriver.
Rue d'Acila.
Devant l'église.
Saint-Louis-d'Anjou.
Le feu.
Qui brûle.
Les âmes.
La violence des hommes.
Sur eux-mêmes.
Imane veut quitter le Maroc.
Au moins un temps.
Prendre du recul.
Sur tout.
Ses combats.
Sa vie.
Ses espoirs.
Sa révolte.
Sa présence.
Auprès de sa mère
De père Antoine.
Et de ses filles et fils.

« Et nous ? Tu veux prendre du recul… sur nous aussi ?

— Non, tout a bougé en moi depuis ce soir-là, tout a bougé… sauf toi, sauf nous.

— … »

Le colloque à Lesbos.

S'est bien passé.

Sans moi.

Aladji et Céline ont compris ma décision de rester à Oujda.

Avec Imane.

Le *bro* a fait des photos très fortes, m'a-t-il dit au téléphone, immergé en mer Égée. Il me les montrera à Paris. Bientôt.

« Le monde est beau, *bro*, le monde est beau et tragique à la fois. Lesbos est une île magnifique, un paysage de malade, *bro*, à couper le souffle, à retomber amoureux... de la beauté... Et en même temps, il y a... »

J'ai senti Aladji au bord des larmes, sous le coup de l'émotion, après sa visite du camp de Moria.

Le plus important d'Europe.

Plus de quatre mille réfugiés y sont enfermés à ciel ouvert.

Si on y ajoute les deux mille autres errant dans tous les coins, cela fait six mille personnes environ confinées sur l'île grecque, en raison d'un accord UE-Turquie qui prévoit leur rétention. Le temps de l'instruction de leur demande d'asile.

Un temps long. Haletant. Insupportable. Un temps qui tue.

Les enfants, les femmes et les hommes, mais pas l'espoir.

Insubmersible.
Incassable.
L'espoir.
Des êtres humains.
De plein vent.
Que nous sommes.
L'espoir qui dure.
Dans les corps.
Et les cœurs.
Même en sursis.

Nous sommes venus dire au revoir.

À père Antoine et aux enfants de Dieu, hébergés dans la maison. Dieu et les enfants.

Nous partons dans quelques jours. Direction Paris pour le colloque. Le prêtre a décidé de ne pas y aller, il pense que sa place est à Oujda et que le Malien serait encore en vie si...

Peut-être.

Après l'événement, Imane et moi passerons quelques jours en France, le temps de nos visas respectifs. Céline a géré. Mon précieux sésame a une durée de six mois. Celui de ma go, qui est définitivement plus que ma go, est un peu plus long.

Huit mois. Pour visiter un peu le pays de Molière et Césaire, aller voir Leila à Lille et renouer nos amitiés exilées. Nous perdre. Nous retrouver. Trouver.

Notre chemin. Ensemble.

Père Antoine nous souhaite bonne chance.

« Pour le colloque ?

— Non, pour la vie.

La vie que vous rêvez.

La vie que vous voulez.

Ensemble. »

Nous sourions.

Imane et Antoine s'éloignent.

Je reste.

Dans l'église.

Je n'ai pas prié.

Ni fait semblant.

Depuis Rome ou les cours au collège de catéchèse obligatoire.

Je ne sais plus.

Je pense à Sita et à Grand-pa.

Je pense à ma mère.

Et à mon père.

Je pense au Malien.

Je pense à Yaguine et Fodé.

Et à toutes et tous.

Morts.

Ou en errance.

Morts en errance aussi.

Je pense à mon pays, je pense au Maroc où je suis venu retrouver mon poème, je pense.

Et j'ai mal, oui, j'ai mal.

Au monde.

Ibra fait irruption dans la salle de louanges.

Il n'est pas seul.

N'est plus seul.

La Folle lui donne le bras.

Elle veut chanter à l'intérieur.

Pour la première fois.

Je salue.

L'enfant et la femme.

Si seuls.

Avant.

Et je m'apprête à sortir, pour rejoindre Imane et père Antoine, prendre congé de toutes et tous en ce lieu sacré sacrément humain. La Folle entonne alors son gospel. Saisi, je reviens sur mes pas et discrètement m'installe. Près de l'autel. Son chant me traverse. Et transperce. Mon cœur et la voûte céleste. Elle chante encore plus fort.

Et j'entends. Sita. Dans sa voix. Je pleure.

Si Dieu est mort à Douala, Sita, elle, est. Toujours vivante.

En moi.

Pris dans le vertige de mon émotion, je n'ai pas vu Imane revenir. J'ai juste senti. Senti sa main. Dans la mienne.

Père Antoine va nous manquer. Tout le monde ici va nous manquer.

« Vous aussi serez regrettés.

Dit le père.

— Surtout elle. »

M'empressé-je de rajouter.

Imane me pince.

Et moi, j'en pince.

Pour elle.

Modeste.

Que j'aime.

D'un amour.

Qui délivre.

L'âme.

Délie.

La langue.

Donne.

Des ailes.

Pour s'envoler.

De soi.

Vers soi.

Je m'envole.

Donc.

Vers moi.

Vers elle.

Vers nous.

Vers la vie.

La vie que nous voulons, rêvons.

Ensemble.

Paris, Lamballe, Calais

Porte de la Chapelle.
Spectacle tragique.
En forme d'éloge de la violence.
Envers des réfugiés.
Délogés.
Bousculés.
Tabassés.
Gazés.
Niés.
Dans leur humanité.
D'enfants, de femmes et d'hommes.
Qui n'ont rien fait, enfin rien de mal.
Rien, à part entrer en France sans visas.
La vie et la géopolitique sont ainsi faites.
Mal, parfois.

Et ces gens qui vivent de l'autre côté de la frontière, de la frontière de la misère humaine, payent le plus lourd tribut qui soit, à la vie et à la géopolitique sans poésie du monde.

Survivre est l'œuvre de l'Homme.

Et encore plus de l'Homme sans papiers.

Survivre à la persécution.

Au manque de liberté ou de perspectives d'avenir.

À l'arrachement de la terre natale.

Au voyage, périlleux souvent.

Survivre.

Aux dures lois de la nature, à la colère des mers et la cupidité de certains humains.

Survivre est l'œuvre de l'Homme.
Et encore plus, de l'Homme sans papiers.
Survivre.
Au stress.
Aux contrôles au faciès.
Aux camps de rétention.
Au rejet.
À la xénophobie.
Au racisme.
À la haine.
Et pis que tout, peut-être.
À l'indifférence.
Survivre est l'œuvre de l'Homme. Sans papiers.

Survivre est l'œuvre de l'Homme.

Sans papiers.

Immigré.

Extra-comunitare.

Nomade.

Porte de la Chapelle.

Je déambule, hagard.

En pensant à ces vers du poète Abdourahman Waberi, qui n'ont jamais autant résonné en moi :

4.

Certains restent là, assis, à regarder le temps passer sur eux. D'autres se dépoussièrent, se lèvent et marchent, droit, vers l'ouest, cap sur des mirages

7.

Visage orné d'un maigre sourire. Juste de quoi se frayer un chemin dans une foule tantôt hostile tantôt amie. Un maigre sourire peut-être, mais une sérénité, gagnée de haute lutte, à force de contrer les coups de crampon du destin[1].

Survivre est l'œuvre de l'Homme sans papiers.

Et des autres Hommes, aussi.

Parfois.

On survit barricadé derrière notre confort, nos habitudes, nos peurs et, de temps en temps, on ose embrasser une cause qui nous dépasse. On s'indigne. On s'engage.

Un peu.

Beaucoup.

---

1. *Les nomades, mes frères, vont boire à la Grande Ourse*, Abdourahman A. Waberi, Pierron, Sarreguemines, 2000.

Passionnément.

Sans trop d'illusions.

Ou avec conviction profonde.

On s'engage, car certaines révoltes sont saines, nécessaires, vitales même, elles préservent le cœur de l'indifférence et aident à parler au monde et à répondre à l'enfant.

L'enfant que l'on a été.

Enfant gâté.

Gâté, mais révolté.

Quand même.

Paris, 10ᵉ arrondissement.
Une caserne de pompiers.
Désaffectée.
Des femmes et des hommes.
Dont les yeux refusent de perdre leur regard.
Des femmes et des hommes perdus, mais dignes et debout.
Je pense à Paris, capitale de la douleur en janvier, capitale de la misère en juin.
Je déambule.
Hagard.

Et je me dis que les gouvernements du Nord et du Sud n'y peuvent plus rien, les destinées de nos peuples sont liées intimement, et même enchaînées.

Nous rêverons, ou nous crèverons.

Ensemble.

Le colloque à Paris s'est ouvert sur ces mots d'un ami de Swaeli, écrivain invité, parrain de SOS Méditerranée.

Imane et moi sommes arrivés en France hier. Aladji et Céline aussi. Nous sommes heureux de nous retrouver. Le *bro* et la prési m'ont manqué. Je le leur dirai. Plus tard.

Aladji et moi avons eu la même idée, obtenir une interview de l'écrivain parrain. Nous avançons dans sa direction.

Nous continuons le travail amorcé à Beyrouth.

Photoreportage et interviews, sonores et vidéo.

Nous compilons témoignages et expériences de vie de *fugees* et de militants solidaires de la cause humaine.

Je découvre une autre France, différente de celle que je connais à travers les médias et la politique néocoloniale plus ou moins assumée de certains gouvernements français.

Une politique portée et revendiquée par des Français. Dénoncée par d'autres, français eux aussi. Des femmes et des hommes engagés, aux quatre coins du pays, qui se mobilisent, se mettent hors la loi parfois, au nom de ce qu'ils appellent le devoir d'hospitalité. Nous avons sympathisé avec les membres d'une association qui met en relation familles d'accueil et réfugiés mineurs en Bretagne. Ils nous ont proposé de leur rendre visite pendant notre séjour en France, si nous en avons l'envie et le temps.

L'envie est là.

Alors nous trouverons.

Le temps.

Fin de la première journée.

Imane participe à la dernière table ronde.

Au nom du père.
Et des filles et fils.
De la maison de Dieu.
L'église Saint-Louis-d'Anjou.
Située rue d'Acila, à Oujda, au Maroc.
L'avocate en elle brille. La femme aussi, tellement.
Leila est assise à côté de moi dans la salle.
Elle est si fière. De sa sœur jumelle et meilleure amie, ma femme.
Poème.

Leila et Imane sont allées à Calais.
Passer trois jours ensemble.
Dans la Jungle, entre sœurs.
Militantes.
Depuis plusieurs mois, Leila donne des cours à l'École du chemin des dunes, fondée par des réfugiés et des bénévoles décidés à agir ensemble pour.
Venir en aide.
Aux enfants, femmes et hommes.
Vivant là.
En instance.
De survie.
Entre-deux.
En attendant.
Le passage.
Vers l'Angleterre.
Si loin.
Si près.
L'Angleterre.
Promise.

L'École du chemin des dunes a été un choc pour Imane, qui a vu sa sœur prendre fait et cause elle aussi pour l'humanité qui rime ou peut rimer parfois avec sororité, fraternité.

Leçon de dignité.

Leila a présenté Yannick à sa jumelle, un jeune réalisateur de Londres venu tourner un film documentaire sur la Jungle, ses habitants.

Et son école.

Du chemin.

« Tu es tellement à ta place ici, habibi.

— Tu trouves, ma chérie ? Je me sens utile ici...

— Tu l'es...

— Comme toi, à Oujda...

— Ce n'est pas pareil, tu enseignes à...

— Si, c'est pareil, on est là pour dire notre soutien, partager, et c'est bien ce que tu as fait pendant toutes ces années...

— Oui, peut-être, mais là j'ai besoin de faire un break avec le Maroc, j'ai vraiment eu peur de voir l'église de père Antoine partir en fumée. Peur pour lui et les habitants de la maison, peur pour nous.

— C'est normal, Imane, et tu as bien fait de partir un peu, partir fait grandir.

— Mais je suis plus grande que toi, Leila. *(Rires.)*

— Dans tes rêves, petite sœur... jumelle. Dans tes rêves... *(Rires.)* »

Imane a assisté aux cours, participé aux activités, fascinée par Leila qu'elle voyait faire, être et devenir celle qu'elle avait toujours été. Elle pensait à leur mère, espérant que celle-ci verrait aussi un jour Leila ainsi.

Un jour.

Peut-être.

Aladji et moi arrivons en Bretagne.

Par la ville chantée par Brel à Barbara.

Loïc et Emmanuelle, membres de l'association rencontrée à Paris, nous attendent sur le quai de la gare.

Ils sont venus nous chercher avec un des mineurs en famille d'accueil dont leur structure s'occupe, Rodrigue, qui se fait appeler aussi Grand Wat. Le garçon, camerounais lui aussi, est ravi de nous voir et d'avoir des « nouvelles fraîches du pays » qu'il a fui il y a deux ans. Aladji et moi tombons vite sous le charme du jeune homme, de sa gouaille, son attitude, sa haute idée de lui-même, son état d'esprit et son appétit de vie. Rodrigue n'a que dix-sept ans, et pourtant il semble avoir déjà vécu le double, au moins. Il me fait un peu penser à Yaguine et Fodé, dont la maturité m'a laissé coi plus d'une fois.

Le trajet de la gare à la maison d'Emmanuelle, qui nous logera pendant notre séjour breton, a duré une petite heure pendant laquelle nous avons fait connaissance avec le jeune homme. Il nous a parlé de ses conditions d'existence en France, des rapports tendus entre les associations et l'administration qui « renvoie souvent des mineurs isolés à la rue, à l'errance, et par ce fait symbolique viole les droits de l'Homme en France », s'insurge Loïc dans la voiture. Il partage avec nous ses colères et ses révoltes, et tout y passe, jusqu'aux faux en écriture dont se rendent coupables certains agents de la préfecture foulant aux pieds la convention des droits de l'Enfant. Nous sommes arrivés chez notre hôte, et les échanges continuent bon train.

Je cherche Aladji du regard. Il est d'accord avec moi.

Il faut filmer, enregistrer. Tout filmer, tout enregistrer.

Laisser tourner la cam et le vieux dictaphone gris.

Continuer de récolter, recueillir témoignages et ressentis.

Interroger les uns et les autres, familles d'accueil, militants, *fugees* ayant la chance d'avoir trouvé asile et hébergement, et les autres aussi, errant dans la rue à la recherche d'eux-mêmes et d'un brin de paix enfin.

Alors nous filmerons, enregistrerons. Tout.

Tout ce que nous pourrons.

Sans trop savoir ce que nous en ferons, ni comment nous utiliserons toute cette matière.

Humaine.

Tellement.

L'évidence nous guide, rencontre après rencontre, les visages, les regards, les sourires et les larmes, les voix s'entremêlent, les destins s'entrelacent, les histoires s'enlianent, jusqu'à devenir une seule et même mémoire à trous, mémoire vive, vivante, vibrante, mémoire du monde qui tourne à l'envers de lui-même, à l'endroit des femmes, des hommes et des enfants qui subissent le désordre mondial.

Rodrigue, dit Grand Wat, nous raconte comment il a *boza*, c'est-à-dire comment il a traversé et est arrivé en Europe. Il ambitionne d'écrire un livre pour dire, dire tout sans détour, tout dire de sa vérité en voyage. Autour de la Terre.

Le gamin nous touche au cœur, son regard ne nous lâche pas, il a dans ses yeux marron et profonds ce quelque chose que je reconnais chez les êtres comme lui, ses collègues, comme il aime à les appeler, ce quelque chose d'ingouvernable.

Vivre libre est une quête, une conquête même, qui dure toute la vie.

Aladji réalise de magnifiques portraits de Grand Wat et de certains de ses amis, dans la même situation que lui. D'autres aussi, alliés substantiels du même âge ou presque, croisés sur le chemin. Elles et Ils sont beaux, je trouve. Humaines, humains. Elles et Ils sourient ou pleurent.

Dans la même langue.

J'enregistre les rires grands, plus grands que les galères quotidiennes, plus grands et plus forts que la misère, la mort, la douleur de l'exil pourtant choisi, les humiliations à répétition subies à la préfecture ou sur les trottoirs de la région. « Ce n'est pas vrai, tu n'es pas mineur, avoue, tu mens, ce n'est pas ton âge, personne ne peut rien pour toi, tu ne peux être reconnu comme mineur isolé puisque tu as déjà atteint la majorité... »

Grand Wat évoque ce qu'il appelle le *game* avec les agents, fonctionnaires de l'administration ou de la police, l'intimidation à laquelle il a pris l'habitude de répondre avec distance et humour, ce qu'il recommande vivement à ses camarades. « Ne pas se laisser abattre, ne jamais capituler, on ne peut pas abandonner, pas après tout ce à quoi on a survécu pour arriver de l'autre côté... »

J'enregistre. Tout.

La conversation en forme de monologue.

La voix qui tremble de Grand Wat, qui continue de dire.

Dire tout.

Sans détour.

Tout dire.

De sa vérité, en voyage.

Autour de la Terre.

« Tarik salama Petit Wat, vas, vis, et deviens !!!

Boza... Boza !!! Petit Wat a franchi le mur de la mer... il est joum en Europe !!! Boza !!! Boza !!! Petit Wat deviendra Grand ! »

Rodrigue est passionnant.

Son humour et son recul sur son aventure nous désarçonnent.

Je pense naturellement à Yaguine et Fodé, nobles de cœur comme le petit devenu grand, assis là, juste en face de nous.

288

« Pourquoi tu es parti du pays, petit frère ?

— Parce que mes parents ne pouvaient plus m'assurer d'aller au *school*, et que je ne voulais pas rater ma vie, devenir un délinquant du kwat, un sans-avenir…

— …

— Le pater a fait du mieux qu'il a pu, la mater aussi, la mater surtout, qui s'est cassé le dos pour nous, ses enfants et son mari, pour que nous mangions toujours presque à notre faim. Les parents auraient voulu que j'étudie au moins jusqu'au bac, mais la vie en a décidé autrement, le système du pays m'a exclu. On ne pouvait plus *buy* l'école publique, alors l'école publique m'a *put* dehors, sans préavis. J'avais deux choix, tu vois, soit je partais à l'aventure, soit je restais pour ne rien faire de ma vie.

— Mais tu aurais pu *die* sur le chemin, tu y as pensé, avant de *go*, tu as pesé le pour et le contre ?

— Entre *die* sur le chemin et *die* en dépérissant sur place, j'ai choisi le chemin, grand, j'ai choisi et je suis parti, ça n'a pas été simple, mais me voici arrivé, non ?

— Quel a été ton parcours ? Tu n'es pas obligé de me répondre, tu sais, mais je suis curieux de toutes les trajectoires de vie sur la route. J'essaye avec Aladji de rendre compte du monde et de parler de vous, jeunes gens vivant le monde, tellement plus que quiconque à mon sens. Je veux rendre hommage à votre courage, car il en faut du courage, pour tout quitter, les habitudes, l'environnement connu…

— Du courage, je ne sais, nous ne sommes pas non plus des héros… *(Rires.)* Mais des guerriers sûrement.

— Des guerriers, oui, tu as raison, et j'ai raison aussi alors, petit frère, car il en faut du courage pour partir en guerre.

— Là est le problème justement, grand : partir en guerre, alors que ce que je veux, depuis toujours, c'est vivre et partir en paix.

— Partir en paix, merci, Rodrigue, merci pour tes mots qui éclairent le jour et raccrochent au sens. Je te souhaite de te poser, trouver la paix que tu cherches tant, que tu cherches depuis toujours comme tu dis...

— Merci à toi aussi, grand, et à Aladji également pour les photos, je me trouve beau dessus, aussi beau que dans la vraie vie. *(Rires.)*

— Reste comme tu es, ne change pas, tu as la vie devant toi.

— *I will...* »

J'arrête l'enregistrement.

Et éteins le dictaphone.

Nous sortons de la pièce dans laquelle nous nous étions isolés pour converser, à l'abri du bruit.

Je retrouve Aladji.

Dans le jardin.

Il shoote.

Encore.

Mon téléphone sonne.

Je décroche.

Et marche vers le fond du jardin.

« C'est Imane au bout du fil... de ta vie. »

Dit ma femme, amusée de sa plaisanterie qui n'en est pas une.

Pour moi.

Elle est mon dernier amour, et.

Ma vie tient, en partie, grâce à ce fil.

Je lui dis.

Elle me traite de beau gosse.

Nous rions.

De tout cœur.

Elle me raconte Calais.

La Jungle.

Leila, dont elle est si fière.

L'humanité, qui résiste.

Comme elle peut.

L'humanité qui rime avec solidarité.

L'humanité piétinée aussi, gazée, excommuniée.

Par une République qui arbore fièrement les valeurs *liberté, égalité, fraternité* sur le fronton de toutes ses administrations, mais n'en est plus à cette contradiction près.

La politique est une omelette et on ne fait pas d'omelette sans casser des œufs.

Imane me demande comment Aladji et moi allons.

Je lui réponds.

« J'ai envie de toi... Ça fait trop longtemps... Tu me manques.

— ...

— Et j'ai très envie, là, maintenant tout de suite, de promener ma langue partout où tu me désires.

— Partout, mon amour, partout. Je te désire partout.

— Qu'est-ce que tu fais ?

— L'amour avec toi, au téléphone.

— Mais encore ?

— Je suis à l'appart, j'allais prendre une douche en attendant Leila qui vient me chercher après ses cours pour aller dîner. Et toi ?

— Je vais et viens, dans le jardin de l'association qui nous accueille.

— Tu vas et viens ? En moi aussi ?

— Oui... toujours.

— Je te ressens.

— Je sais, moi aussi, je te ressens tu sais ?

— Oui... je sais.

Nous rions encore.

— Je t'aime.

— *Mba pè na tondi wa.*

— Quand on se retrouve, je veux que tu me prennes comme jamais tu ne m'as prise, ou plutôt non, je veux que tu me prennes comme tu m'aimes... D'ailleurs, dis-moi, comment tu m'aimes ?

— Comme une maison qui brûle...

— ... »

Aladji a terminé ses photographies.

Il me fait signe.

Je vais devoir raccrocher et rejoindre le *bro*.

Je préviens Imane qu'on m'attend.

Compréhensive, elle m'embrasse. Et ajoute :

« Nous reprendrons cette corpsversation plus tard si tu le veux bien...

— Je veux... tout avec toi, tout ce que tu veux je le veux, Imane...

— Espèce de beau gosse va, allez file, on se rappelle plus tard.

— *(Rires.)*

— Je...

— Chut, moi aussi, je... »

Au moment où nous allons prendre congé, deux jours après notre arrivée en terre bretonne, Rodrigue vient nous voir.

Il tient à m'offrir l'ébauche du récit de sa vie qu'il écrit avec un des membres de l'association, Philippe, journaliste et écrivain public qui lui a proposé spontanément son aide.

« Tu connaîtras ainsi mon parcours dans ses moindres détails, me lance Wat, tu sauras comment j'ai boza... Merci encore d'être venu jusqu'ici pour nous voir, ça fait du bien de voir des gens du pays qu'on a certes quitté, mais sans qu'il nous quitte lui, ni nous acquitte de notre dette de sang. »

Honoré, j'accepte le présent, le livre, dédicacé, insisté-je, de ce jeune frère, petit prince camer.

Dans le train.
Du retour.
Je lis.
Sourire.
Larme.
Les mots me percutent.
Je partage avec Aladji certains passages.
Entre les lignes.
Les mots simples.
L'émotion.
La rêvistance.
Le silence.
La résilience.
Le visage.
Et la voix.
D'un gamin.
Extraordinaire.

« Boza !!!
Petit Wat
Affranchi jeune
A franchi le mur de la mer
Boza !!! Boza !!!
Tarik salama
Petit Wat
Va, vis et deviens grand !!!
Boza !!!
Boza !!!
Boza !!! »

Pourquoi on part ?
Parce que ces mots
Du poète sont nôtres aussi

Le temps n'est plus au sommeil
Nous avons dépassé le chant de l'enfant-do
Et l'enfant ne dormira pas
Il fait un temps de veille
Mon pays a un caillot de sang dans la gorge[1]

Pourquoi on part ?

Parce que

---

1. *Nomade je fus de très vieille mémoire*, Anthony Phelps, Bruno Doucey, Paris, 2012.

Nous sommes rentrés à Paris, Aladji et moi.

Derrière nous, la Bretagne, ses embruns, sa couleur de ciel, ses côtes sauvages et sa mer houleuse parfois, la solidarité rencontrée, les foyers de résistance allumés par des citoyens bretons jusqu'au bout du monde.

Nous racontons à notre présidente notre court mais intense séjour au sein de l'association Cajma, avec laquelle nous avons l'intention de nouer contact durable.

Construire des ponts.

Une nécessité.

En ces temps sombres.

Construire.

Encore.

Construire.

Toujours.

Construire.

Des ponts.

Une obsession.

Chez certaines femmes et certains hommes.

Dont nous sommes.

Ingouvernables.

Définitivement.

Il fait gris à Paris, trop gris pour y rester toute la semaine. J'ai besoin de respirer, besoin de lumière, besoin d'espace. Besoin de souffler avec Imane qui revient demain de Calais. Le militantisme n'est pas un sprint, mais une course de fond. Il faut savoir s'en échapper belle souvent. Pour tenir et ne pas ternir ses valeurs. Tenir, oui, tenir. La distance.

La distance qui nous sépare des utopies qui manquent à nos vies.

J'ai retrouvé mon amour.

Sur le quai d'une gare.

Du Nord.

Imane avance.

Vers moi.

Je ne vois qu'elle.

Au milieu de la foule qui défile autour.

Son sourire me fige.

Me fixe à l'endroit.

De NOUS.

Ce NOUS.

Né d'une larme.

Et de sa main.

Dans la mienne.

Elle a un livre pour moi.

Un de plus.

Acheté dans une librairie, à Lille.

Avant son départ pour la Jungle.

C'est un beau livre.

Au titre évocateur.

Cordes-sur-Ciel.

Imane est bien arrivée.

Dans mes bras.

Nous nous embrassons.

Longtemps.

Au milieu de la foule qui défile autour.

Nous nous embrassons.

Amoureusement.

Sur le quai d'une gare.

Du Nord.

Nous repartons de Paris le lendemain.
Imane éprouve le même besoin que moi.
Souffler.
Un peu.
Après Calais et sa Jungle humaine.
Faire un break.
Une pause.
Faire le vide.
Vivre pour nous.
Juste pour nous.
Un peu égoïstement, ne penser qu'à nous.
Fuir la rumeur des villes.
Mettre entre parenthèses nos peurs, nos combats.
Le temps de quelques jours.
Ensemble.
Et en dehors du monde.
En dedans de nous.
Juste de nous.
Bulle tendresse.
Nous allons, à deux.
En train, à destination du Tarn.
Grâce à un beau livre.
Acheté dans une libraire, à Lille.
Un beau livre dont la préface lumineuse, signée Albert
Camus, invite, incite, à la découverte de cette commune
française occitane, Cordes-sur-Ciel, qui promet monts
et merveilles selon les mots de l'homme révolté, qui ne
connaissait qu'un seul devoir. Celui d'aimer. Imane, endor-
mie sur mon épaule, sourit.
Son sommeil est paisible.
Elle peut rêver en paix.
Je veille.
Elle est Maria, je suis Albert.
Nous sommes.
Sisyphe heureux.

Mer de brume.
Village dans les nuages.
Maison dans le ciel.
Assis au milieu d'un jardin de proses, j'écris.
Avant, pendant, après.
L'amour.
Tout pousse à écrire ici, tout.
L'harmonie.
La sérénité.
Le silence.
La nature, luxuriante.
La mise en espace du rêve.
Le cadre, paradis.
Elle, que j'aime.
Les yeux ouverts.
Sur la beauté de ce pays de mirabelles et de gargouilles.
Mimosas et acacias dansent sous ma plume.
J'écris.
Saules pleureurs sourient à l'écoute de ma voix.
Je chante.
Pour célébrer la vie, qui n'est plus.
La vie à moitié.
Avec Imane, la vie est devenue.
Totale.
Je me sens complet.
En phase.

Et en phrases.
Avec elle.
J'écris, je chante.
Avant, pendant, après.
L'amour.
Imane est couchée.
Dans notre lit, notre nid cette semaine.
Allongée nue, elle pose pour moi.
J'écris.
Sur son corps.
La croque du regard.
Parcours des yeux ses courbes, ses hanches, sa poitrine.
Ses lèvres, entrouvertes, offertes.
J'écris.
Elle me sourit.
Encore.
Me sourit toujours.
Se demandant ce que je fais.
Derrière ma feuille.

« Tu me dessines ou me peins ?
— Non...
— Que fais-tu alors ?
— Je t'écris
— Tu m'écris ?
— Oui... je t'écris.
— *(Rires.)*
— Qu'est-ce qui te fait rire ?
— Toi.
— Pourquoi ?
— Tu me surprendras toujours.
— Je te prendrai aussi... toujours. *(Rires.)*
— Approche-toi.
— Mais je n'ai pas fini d'écrire...
— Approche-toi, là, maintenant, tout de suite...

— Ça ressemble à un ordre, non ? *(Rires.)*
— Certainement, parce que c'en est un...
— Viens... viens me chercher.
— Non toi, viens, en moi, viens sur moi, viens tout de suite... »

Cette fille me renverse.
Je lui rends la pareille.
Et la couche, brusquement.
Par terre.
« Viens tout de suite », a-t-elle dit.
Je ne sais lui résister, alors je n'essaye pas.
Elle joue, oui.
Moi aussi.
Et j'aime ça.
Je n'écris plus.
Je vais.
Et viens.
En elle.
À même le sol.
Jusqu'à l'explosion.
Ensemble.

« Imane...
— Oui...
— Tu es... mon amour dernier.
— Je sais.
— ... Merci pour l'éloquence... de ta réponse. *(Rires.)*
— Je t'en prie. *(Rires.)* Cela dit tu n'as pas posé de question, si ? »

La commune de Cordes-sur-Ciel nous a bouleversés, l'un et l'autre. Nos premières vacances ensemble. Un temps à nous. Rien qu'à nous. Loin de la rue d'Acila. Loin de Bonapriso. Loin du Maroc. Loin du Cameroun.

Loin de nos territoires de luttes. Nous avions besoin de nous éprouver. Nous retrouver. En dehors de la cause primordiale, la juste cause humaine, qui nous a menés l'un à l'autre. Nous avions besoin aussi de sentir battre le cœur de notre couple, intime, personnel. Besoin de mettre des mots sur nos aspirations profondes, nos désirs, nos rêves ensemble. Nous n'étions pas et ne voulions pas être seulement un couple de combat. Et nous nous sommes trouvés. Pendant ce séjour en France, dans un village au ciel.

J'ai recommencé à écrire, pendant cette semaine hors du temps, je veux dire écrire pour moi aussi, écrire pour moi surtout. Je reprendrai mon travail avec Aladji plus tard, à mon retour à Paris, puis au Cameroun. Pour l'instant, seule compte la vie. La vie à deux. La vie avec Imane, envisagée.

Je pense à Sita et à ma mère.

J'ai rêvé d'elles, toutes les deux, la nuit dernière.

J'aurais aimé pouvoir leur demander conseil.

Avant de sauter.

Le pas.

Offrir à mon amour cette bague de famille.

Et lui dire que je voulais qu'elle devienne ma femme.

Pour la vie.

Elle est libre et indépendante, n'a besoin de personne, Imane.

Je ne sais comment elle prendra tout ce cérémonial, mais c'est décidé, je ne reculerai pas. Je repense à Sita et à ses mots, « avoir des ailes ne suffit pas pour se jeter dans le vide, il faut avoir confiance en soi, et en la vie elle-même… ».

Sita avait raison.

Pourquoi on part ?
Parce qu'on tombe
En amour
Un jour
Et d'évidence
En évidence
On sait
Que notre vie
Ne sera plus jamais
La même
Sans l'être aimé
On sait
Qu'on est prêt à tout ensemble
Prêt à se suivre
Partout
Pour vivre
Ce qu'on a à vivre
Quoi donc ?
La vie
Elle-même
Et la tendresse
En battements d'ailes
Alors on part
À la vie à l'amour
Comme d'autres
À la guerre à la mort
On part
En toute confiance
Parce qu'on sait
Au plus profond de soi
Que les lumières d'Oujda ne s'éteindront jamais

Ciel couleur d'orange
Criblé d'espoir
Que je cultive
En marchant sur la Terre
Tant d'émotions
Et de mots du monde
Dans ma voix qui silence
Je parle pourtant
Parler, c'est d'abord écouter
Oui, écouter, écouter l'autre
L'autre qui a toujours
Quelque chose de nous
Et quelque chose à nous dire aussi
Nous dire d'elle, de lui
De son île à elle, à lui, de son pays, de sa culture
De ses bonheurs, de ses malheurs
De sa mémoire, de son histoire
Quelque part
Parcelles d'être, parts
D'elle, de lui, donc de nous
Assis comme elle, comme lui
Sur du vent
Nous sommes
Toutes et tous
Du même genre
Humain
Les mêmes gens
Tentant
D'escalader les désastres
Et vivre en paix
Dedans
Dehors
D'abord
En accord
Avec nous-mêmes

Il faut déployer ses ailes
Souvent
Aller voir ailleurs
Si on y est
Pour savoir
Qui nous sommes
Vraiment
Qui nous voulons être
Pleinement, être
En somme
Rien de grand
Pardon, je veux dire
Rien de plus grand que soi
Ne se fait sans amour

J'écris, toujours assis au milieu du jardin.

Dans un transat en face de moi, Imane lit un roman, conseil de lecture de sa sœur. Elle porte une robe à fleurs, légère.

Et une bague au doigt, héritage de ma mère qui la tenait de la sienne. Et ainsi de suite, sur plusieurs générations de femmes.

Les femmes de ma famille. Libres. Indépendantes. Puissantes.

Comme elle, Imane, qui a accepté.

De sauter.

Nous avons quitté notre maison dans les nuages, et sommes de retour à Paris. Et pourtant nous planons encore, un peu.

Jusqu'à ce que le réel nous rattrape, je veux dire, le réel du monde, absurde, insensé, cruel parfois. Au Maroc, une journaliste vient d'être condamnée à un an de prison, pour avortement illégal. Imane enrage. Elle pense à Hajar Raissouni, à sa génération, à celle de sa mère et à celle d'après, aux diktats du patriarcat. Imane se souvient pourquoi elle a choisi le droit, et pour qui. Pour elle, sa sœur, sa mère, les femmes, de tous les âges et de toutes les classes sociales. Je comprends sa colère, je la partage. Elle a besoin de parler à Leila, une pétition circule signée par des personnalités et d'autres, anonymes, qui disent non. Ensemble. Les jumelles rejoignent le mouvement. Elles s'organisent. Je regarde mon amour s'activer et je l'admire. Pour son engagement. Sa détermination. Et son sens de la révolte. Imane est plus radicale que moi, elle décide des choses et s'y tient. Ne revient pas en arrière. J'ai tendance à tergiverser un peu parfois, trop réfléchir, mûrir ma décision avant d'agir. Elle vient de dire au téléphone à Leila qu'elle ne retournera pas au Maroc, pas après ce qui vient de se passer.

Elles éclatent en sanglots. L'une et l'autre. C'est ainsi depuis toujours. Elles rient et pleurent. Ensemble.

« Et yemma ?

— Elle comprendra…

— Tu en es sûre ?

— Oui, ne t'inquiète pas, habibi, elle comprendra, elle a toujours compris. Elle est de notre côté, du côté de notre liberté…

— Je sais, mais ça va être dur de la laisser sans défense là-bas.

— Oh, rassure-toi, yemma est loin d'être sans défense, elle est juste moins frontale que toi…

(Elles rient.)

— Père Antoine a besoin de moi aussi, et les jeunes.

— Tu as fait ta part, habibi, et tu continueras à faire ta part ailleurs, un temps…

— Merci, habibi, je ne sais pas ce que je ferais sans toi…

— Rien, enfin presque rien.

(Elles rient de nouveau.)

— Je suis heureuse pour toi Imane, ton mariage avec un homme que tu aimes me comble, j'ai tellement espéré que tu rencontres quelqu'un à qui tu aurais envie de dire ces mots que tu n'arrivais pas à prononcer…

— Moi aussi, je suis heureuse, vraiment, et je n'ai pas peur de m'abandonner, j'ai le sentiment que notre lien est incassable…

— Il est inclassable aussi. *(Rires.)*

— Tu trouves ? *(Rires.)*

— Oui, et ton futur mari aussi. *(Rires.)*

— Je suis d'accord. *(Rires.)* »

C'est ainsi depuis toujours.
Imane et Leila.
Pleurent et rient.
Rient et pleurent.
Ensemble.

Elles ont été, sont et seront.

Toujours là, l'une pour l'autre.

Pendant que les jumelles échangent au téléphone, Aladji et moi regardons les informations télévisées. Réel encore, absurde, insensé, cruel. Le jour s'est levé fébrile et menaçant pour une gamine, enfant de parents sans papiers. Il y a des aurores plus indécises que d'autres. La vie est ainsi faite. Mal, parfois. Et souvent pour les mêmes. Sans droits. Sans toit. Mais pas sans espoir que tout ira mieux demain. Nous y sommes au lendemain, tant attendu. Seulement les choses ne s'annoncent pas sous les meilleurs auspices. La petite a reçu à quelques jours d'intervalle la liste de ses fournitures scolaires pour la rentrée des classes et la convocation à la préfecture de sa famille, enfin ce qui reste de sa famille, elle et son père adoré, papa et maman à la fois depuis que sa femme n'est plus.

La mère de Samira n'a pas survécu à la traversée. Depuis, le père fait ce qu'il peut, pour sa fille et pour lui. La Côte d'Ivoire était derrière eux, jusqu'à ce matin. La brutalité de la loi.

Sur une fillette de dix ans et son papa *parapluie paratonnerre parasol bouclier humain* entre elle et le monde.

Préfecture de Paris, île de la Cité.

Une foule de citoyennes et citoyens accompagne la famille à son rendez-vous. Je n'ose imaginer l'angoisse et tout ce qui peut traverser le père et l'enfant. Violence du déracinement, violence de l'exil, violence de la perte d'un être cher, une mère pour elle, une femme pour lui, violences auxquelles l'État greffe l'effroi d'une possible expulsion, d'un renvoi au cauchemar d'antan, l'excision guettant l'innocence de Sam.

La foule, agglutinée devant la préfecture et autour de cette famille révocable, est impressionnante. Dans quelques minutes le verdict va tomber, verdict capital pouvant

309

envoyer Samira et son père en centre de rétention, au détriment du droit international. En effet, la France continue d'enfermer des enfants (deux cent huit en 2018, trois cent cinq en 2017).

Que reproche-t-on à Sam et à son père, à leur famille et aux autres ? Peut-être d'avoir survécu, d'avoir réussi à entrer en France sans visas.

Je repense à ma conversation avec des militants de l'association bretonne qui nous a accueillis il y a quelques semaines, et à mon interview de Loïc :

« Au cœur du dispositif de gestion des indésirables, les centres de rétention sont des lieux décisifs puisqu'ils ont pour fonction de retenir et d'enfermer les personnes jusqu'à leur expulsion du territoire (la loi autorise un délai de détention maximal de quatre-vingt-dix jours). Depuis 2012, la Cour européenne des droits de l'homme (CEDH) a sanctionné la France six fois pour avoir enfermé des enfants, pratique jugée hautement traumatique (on a même parfois enfermé des nourrissons). La promiscuité, le stress, l'insécurité et l'environnement hostile que représentent ces centres ont des conséquences néfastes sur les mineurs... »

Je repense aussi aux nombreux témoignages enregistrés de bénévoles, assistants sociaux, avocats, ayant travaillé au plus près des personnes jugées coupables de migration. Tous sans exception affirment que le droit des étrangers – et le labyrinthe administratif qu'il charrie – constitue un véritable enfer et impose un authentique parcours du combattant.

Quand cesseront pour Elles et Ils la lutte et le combat ? Je ne sais. Je pense à la gamine ivoirienne, Samira, et à son père. Je pense également à toutes et tous, *fugees*. Au Nord et au Sud. D'Éden, qui n'existe pas.

N'existe nulle part.

Depuis 2000, on estime à plus de trente-cinq mille le nombre de femmes, d'enfants et d'hommes morts en

Méditerranée, en essayant de passer. Les chiffres sonnent creux manifestement, pourtant ils sont implacables. Et on ne parle que de corps retrouvés. D'autres gisent pour toujours, sans sépulture, au fond de la mer qui meurt elle aussi.

D'un trop-plein de cadavres.

L'inaction des gouvernements du Nord et du Sud est à dénoncer, mais tant d'autres choses aussi, en question ici énoncée : pourquoi on part ?

Oui pourquoi ?

Pourquoi on prend tous ces risques ?

Pourquoi on *s'en fout la mort* à ce point ?

Pourquoi rien ne change, à part les saisons ?

Imane a raccroché.

Elle veut me parler, je le sais, le ressens, la rejoins dans la chambre, abandonnant un instant Aladji au salon.

« Je ne veux pas rentrer au Maroc.

— Je sais, je t'ai entendue...

— Tu me comprends ?

— Oui...

— Qu'allons-nous faire ?

— Nous aimer.

— Où ?

— Partout où nous pourrons.

— Tu es mon pays désormais... »

Ibra vit toujours au Maroc, à Oujda.

Avec sa mère adoptive, Rosa, qui ne chante plus dans la rue, mais dans la modeste demeure qui abrite leur famille désormais, à quelques encablures de la maison du père.

Antoine et les mamans du quartier les ont aidés à s'installer, prendre un nouveau départ. Ensemble.

Ibra lit toujours autant, et il écrit aussi maintenant, des pages de silence d'art, des lettres de sang et d'or qui disent l'exil, la solidarité, l'amour, les racines de tous les racismes et tous les fascismes qui le heurtent.

Il termine son premier recueil de poèmes, timidement mais sûrement, nourri de la conviction profonde que sa place est là, ses pas et paroles dans les pas et paroles de ses guides à penser.

Penser.

L'immuable et le divers.

La totalité et le néant.

Ibra se sent à sa juste place.

Là, à l'endroit de la poésie.

Vocation spirituelle partageable.

Cette poésie qui le fonde depuis toujours.

Cette poésie qui, un jour, le poussa à la fronde, la fuite.

Avant de le conduire, enfin, à bon port.

Au bord de la tendresse manquante.

Ibra écrit.

Rosa chante.

Et l'avenir s'éclaircit, peu à peu.

Entre le racisme ordinaire et la xénophobie des uns, la bienveillance et l'hospitalité des autres.

Dans le merveilleux royaume du Maroc, comme dit le poète.

Le merveilleux royaume.

Yaguine et Fodé.

Sont morts.

En essayant de passer.

Père Antoine me l'a dit, à moi seul.

Depuis j'écris.

À ma femme.

Une lettre, tous les deux mois.

En leur nom.

Je pense qu'elle n'est pas dupe.

Elle doit certainement connaître.

La vérité.

Comment je le sais ?

Après avoir lu chaque courrier prétendument envoyé par les garçons, Imane vient vers moi.

M'embrasse tendrement.

Sur le front.

Et les yeux mouillés, me glisse au creux de l'oreille.

« Je t'aime. »

Un *je t'aime* différent.

Des autres.

Qu'elle ne dit pas.

Pas souvent.

Je reste coi.

Toujours.

Pour ne pas lui avouer.

Ce qu'elle sait déjà.

Sûrement.

Quelque part.

En elle.

Yaguine et Fodé.

Sont morts.

Nous n'avons pas pu.

Les sauver.

Pourtant

Yaguine et Fodé.

Vivent encore.

Dans mes mots.

Dans le cœur.

Et les larmes de leur grande sœur.

Dans tous les souvenirs fabriqués.

Ensemble.

Sita avait raison.

Sur ce point aussi.

La mort.

N'arrête pas.

La vie.

Yaguine et Fodé vivront toujours.

C'est un fait.

D'arme miraculeuse.

Et une fête.

D'âmes.

Leur souffle vibre.

Dans leur album posthume, que nous écoutons en boucle à la maison.

Dans le texte qui suit aussi, premier titre du disque, étincelle.

D'art.

Gitan noir
Aux ailes mutilées
J'habite
Au hasard
Du chemin
J'habite un matin
De lumière
Au mitan
Des ténèbres
J'habite
L'aube souriante
Défiant le crépuscule
D'un regard mauve
Au seuil de la mort
J'habite
Un solo de trompette inachevé
Le long soupir d'un poème
Écrit à l'encre sèche
D'un rêve pulvérisé
Une sonate au plus clair de la lune
J'habite
Une note de kora
Habillant
L'émotion du mot perle d'amour
Que l'on parle ensemble
Au commencement
De la nuit et du jour
J'habite
Au pied d'un vers
Au beau milieu d'un mot
Et sur un vieux piano sans dents
Je compose
Des airs de musique bleue
Pour tous les oubliés les exilés
Damnés de la Terre

Enfants de l'univers
Filles et fils de l'absence
Orphelins qui trinquent et craquent
Ou traquent
Leur destin
Et la tendresse des aurores
De satin

Gitan noir
Aux ailes mutilées
J'habite au centre de la Terre
À la frontière
Du doute et de la certitude
J'habite au carrefour
Du silence et de la parole

Entendez-vous les anges ?

Ces anges du paradis,

Qui chantent et dansent,

Au rythme d'une kora.

Yaguine et Fodé.
Regardent l'horizon.
Juste l'horizon.
C'est la première fois, se rendent-ils compte.
Qu'ils regardent l'horizon.
Juste l'horizon.
Sans penser à la côte en face.
L'Espagne.
L'Europe.
Ne les intéresse pas aujourd'hui.
Ne les intéresse plus, peut-être.
Seul compte.
Aujourd'hui.
L'horizon.
Dans la lumière.
Du jour neuf.
Ensemble.

« Bonjour, mon frère, comment va ta douleur ?

— Mieux, mon frère, ma douleur va mieux.

— La douleur s'allège, lorsqu'on la partage.

— Nous sommes deux et serons toujours deux maintenant.

— Au moins deux, oui…

— Pour l'éternité. »

Postface

Écrire, cela peut être prendre parti.

Prendre parti pour la beauté. Pour la dignité. Pour la justice.

La justice, qui écoute aux portes de la beauté. Toujours.

« On ne peut rien faire pour les migrants, on ne peut pas aider ces gens-là ? » Question de pleine innocence et de plein droit, presque hurlée par une jeune femme lors d'une conférence, dont le thème était « Exils et migrations ».

Silence dans la salle.

C'était il y a quelques mois.

Depuis, ce « on » me questionne. Il va et revient. En moi. Et en d'autres, comme moi. Sans pouvoir véritable.

Face à l'inacceptable.

Tragédie qui se joue tous les jours sous nos yeux.

Depuis tant de mois. Tant d'années.

Les mêmes histoires de corps échoués, repêchés en mer, de vies violées et de destins brisés, d'adolescences empêchées.

Les mêmes histoires d'enfants, de femmes et d'hommes, piétinés, pourchassés, stigmatisés, refoulés.

Aux portes des villes, des pays et des déserts du monde.

Les mêmes histoires d'enfants, de femmes et d'hommes, damnés de la Terre. Condamnés à errer, jusqu'à crever. Parfois.

La télé est encore allumée.

Journalistes, politiques, militants associatifs et « experts » débattent de la « question migratoire ». Avec distance, ironie parfois, condescendance souvent, engagement, acharnement, bonne conscience. Aussi.

J'entends l'écho de la voix de cette jeune femme, celle de la conférence d'il y a quelques mois. « On ne peut rien faire pour les migrants, on ne peut pas aider ces gens-là ? »

Le « on » me percute, à nouveau.

Le mot « migrant » et l'expression « ces gens-là » aussi.

Je repense à un jeune Guinéen, Ibrahima, réfugié mineur rencontré à Arles lors du festival Paroles indigo, qui nous avait raconté avec une dignité sans égale l'enfer de sa traversée. Et l'enfer administratif qui avait suivi son arrivée en France, « terre promise », acquise à la liberté, à l'égalité, à la fraternité. Pensait-il.

Ibrahima, qui écrit de la poésie et rêve à voix haute de devenir écrivain, car « écrire est un métier de lumière ».

« On ne peut rien faire », ce n'est pas vrai.

On peut s'émouvoir, se révolter.

Partager notre émotion et notre révolte.

« On ne peut pas aider » ? Si, on peut.

Faire sa part, modeste.

Et cela commence peut-être par ne pas détourner le regard.

Prendre conscience que certains mots déshumanisent celles et ceux qu'ils nomment, installent un fossé.

Entre nous et les autres, « ces gens-là », « migrants ».

En espoir de cause.

J'éteins la télé.

Et me plonge entier dans le recueil de mon amie Sabine, poétesse niçoise qui fait passer d'une frontière à l'autre, symboliquement, des êtres humains, à travers ces pierres qu'elle ramasse en Italie et transporte en France et sur lesquelles sont inscrits des prénoms de réfugiés rencontrés de l'autre côté de la frontière.

Je lis, mais j'entends toujours la voix de la jeune femme qui hurle. En silence. Ses mots me questionnent, vont et reviennent en moi. Et en d'autres, comme moi. Sans pouvoir véritable. C'est ce que nous croyons. Et pourtant.

Nous avons le pouvoir de l'imaginaire, comme Ibrahima qui rêve à voix haute.

Nous avons le pouvoir de l'indignation, qui est aussi un devoir.

Parfois.

Nous avons le cœur à la rencontre, à l'engagement.

Aux côtés de celles et ceux qui agissent, refusent de baisser les bras, le cœur à l'outrage, à l'ouvrage.

Ce texte ne changera pas grand-chose, et même rien, au désordre du monde, mais il prend parti.

Pour la beauté. La dignité. La justice.

Il invite à un autre regard, sans prétention.

Point de « question migratoire » ici ni de « migrants ou migrantes », juste un bouquet de mots.

Et, peut-être, d'émotions.

D'orage, d'amour et d'espérance.

Pour dire toute ma solidarité à des enfants, des femmes et des hommes comme nous.

Vous et moi.

Des enfants.

Des femmes.

Et des hommes.

Des enfants, des femmes et des hommes qui marchent.

Sur la Terre, à la recherche d'une vie meilleure, car personne ne fuit le bonheur.

Le bonheur, qui n'existe pas.

N'existe nulle part,

Nulle part totalement.

Personne.

Ne fuit.

Le bonheur.

Pourquoi on part ?
Parce que nous savons qui nous sommes
Des ingouvernables
Et nous avons
Soif
De vivre
Et
Faim
Du monde

Pourquoi on part ?

Parce que nous roulons jeunesse, Arthur Rimbaud d'une
époque opaque livrée à elle-même et à ses démons intérieurs

Parce que nous avons
Dans nos cœurs insulaires
Des rêves plus grands que nous
Des rêves plus grands que tout
Des rêves qui nous tiennent debout
Dans le vent nos pays et nous
Des rêves qui nous gardent fous
À lier nos espoirs, délier nos langues de feu

Pourquoi on part ?

Parce que nous avons

Des rêves qui donnent plein sens à nos jours

Et

*Parce que nous savons que la vie ne nous attendra pas,
la vie n'attend jamais personne au tournant, la mort si,
morsure violente parfois qui nous prend par surprise, nous
prend tout, ce que nous avons et n'avons pas, tout sauf ces
rêves par milliers, séismes et sèves de nos existences brûlées à
l'essence, alors nous tentons le tout pour le tout-monde*

Pourquoi on part ?

Pour ne plus die
Pour ne plus cry
Parce que l'espoir a fly
Parce que bindi bindi
L'horizon s'est couché pour ne plus jamais se relever,

On part à cause du principe d'Archimède

*On part parce que l'homme est mobilis, appelé à partir
toujours*

*On part par nécessité de bifurquer sur de nouvelles voies
sans violences, nouvelles vies moins hardcore*

*On part pour esquisser des chemins nouveaux sur la mer et des
pas de danse de côté tracer des incertitudes recharger nos crayons*

326

d'encre à éternité pour redessiner nos visages dans la nuit et repeindre les murs des villages traversés aux couleurs du ciel

On part pour inverser le cours de l'histoire renverser la peur infléchir la politique des gouvernements du monde qui méprisent les misérables que nous sommes du nord au sud de l'ouest à l'est d'Éden qui...

Pourquoi on part ?

La question est ouverte, à chacune, à chacun, à toutes et à tous

Photocomposition Nord Compo

Achevé d'imprimer en septembre 2020
par CPI FIRMIN-DIDOT (27650 Mesnil-sur-l'Estrée)
pour le compte des Éditions Calmann-Lévy
21, rue du Montparnasse, 75006 Paris

N° d'éditeur : 2908424/04
N° d'imprimeur : 160168
Dépôt légal : septembre 2020
Imprimé en France.